CW01471869

I cora

A Susanna

grazie di aver
partecipato al mio
seminario!

Marco Mecla

07. MARZO. 2016

© Marco Mancassola

Edizione pubblicata in accordo con
PNLA / Piergiorgio Nicolazzini Agenzia Letteraria, Milano

© 2011 Giulio Einaudi editore s.p.a., Torino
www.einaudi.it

ISBN 978-88-06-20686-4

Marco Mancassola

# Non saremo confusi per sempre

Einaudi

*Nota dell'autore.*

Questo libro prende le mosse da storie reali. Le ho scelte perché a lungo mi hanno suggestionato, abitando in me come fantasmi. Nella scrittura di ogni storia ho ricostruito i suoi punti salienti, ma soprattutto l'ho rielaborata con lo strumento dell'immaginazione letteraria. Il libro quindi, in ultima analisi, va considerato opera di letteratura.

Non saremo confusi per sempre

## Un principe azzurro

Fu un amico a parlarmi della faccenda, una sera passeggiando dalle parti del Circo Massimo, mentre il sole tramontava oltre la linea del prato. Mi parlò di questo regista teatrale non troppo famoso, da lui considerato un genio, che stava preparando un progetto in un'isoletta della Corsica. A quanto capii, una misteriosa rappresentazione teatrale avrebbe avuto luogo in una baia dell'isola.

Tobias non rivelò molto della trama dello spettacolo, limitandosi a dire che era ispirata a un fatto del passato, un fatto vero e non molto allegro, uno di quei fatti tristi e in apparenza minori che finiscono spesso per graffiare, come un pennello troppo duro, la coscienza di un paese.

Avendo finito giusto in quei giorni di lavorare per una produzione di Roma, Tobias aveva deciso di partire per l'isola e offrirsi volontario all'allestimento del progetto. Ne parlava con entusiasmo. Stavamo ancora passeggiando quando si fermò di colpo, mi strinse un braccio e i suoi occhi brillarono nella luce della sera. Capii subito ciò che aveva in mente.

– Non pensarci neppure, – protestai. – Io ce l'ho ancora, un lavoro. Non ho alcuna intenzione di seguirti. Si può sapere perché tutti pensano che io sia sempre pronto a imbarcarmi nelle avventure piú improbabili?

Tobias fece un sorriso furbo. Mi conosceva da abbastanza tempo per sapere che i pochi indizi forniti, in realtà, erano un materiale perfetto per incuriosirmi. Passarono due giorni e all'alba del terzo partimmo a bordo della

3

sua moto, l'aria inquieta della primavera che ci sbatteva addosso, per raggiungere il porto di Civitavecchia e da lí la Sardegna, e dalla Sardegna arrivare all'Isola di Cavallo.

∞

Un membro della produzione venne a prenderci in motoscafo a Santa Teresa di Gallura. Era un francese di nome Vincent. La prua del motoscafo tagliava l'acqua, con una specie di fluida grazia, come una forbice separa i lembi di un tessuto. A bordo, un piccolo stereo portatile mandava un disco di Carla Bruni. Fin qui nulla di strano, ma quando il disco di Carla Bruni iniziò a girare per la quarta volta, io e Tobias ci scambiammo uno sguardo preoccupato. Vincent abbandonava di continuo la ruota del timone per girarsi verso di noi, regalandoci deliziosi duetti con la voce della Bruni, mentre la barca scivolava tra un gruppo di brutti scogli. – Ah, che donna di classe, – sospirava Vincent carezzandosi la barba. – Sentite come canta. Sentite con quanta classe.

Il momento dell'arrivo fu un vero sollievo.

L'isola era piccola, semideserta e magnifica. Era soltanto aprile, nessun turista in giro, sebbene un vento caldo soffiasse già sulla spiaggia, e il sole picchiasse con forza crescente, nelle ore del giorno, riempiendo la baia di un riflesso d'argento. Alle spalle della baia sorgeva un minuscolo aeroporto. In quel periodo nessun aereo atterrava e alcuni membri della compagnia teatrale usavano la pista d'atterraggio, tutte le mattine, per fare jogging.

Una dozzina di persone lavorava al progetto dello spettacolo. Di giorno si lavorava sulla spiaggia, di notte si dormiva sulle barche.

Il regista era un uomo sui quarantacinque anni, magro, scattante, con grandi occhi sporgenti che tendeva a sgranarti addosso, di frequente, con uno stupore nervoso, quasi fosse sul punto di lanciarteli come palline da flipper. Il suo nome era Claudio Santini.

4

Mi sentivo inquietato da quell'uomo. Eppure scivolai facilmente nella routine della piccola comunità. Smisi di chiedermi cosa ci facevo lí e iniziai a darmi da fare.

C'era da aiutare il tecnico del suono nelle sue innumerevoli prove, c'era da andare su e giú in barca a fare provviste, c'era da aiutare nella preparazione dei pasti e da risolvere qualche imprevisto quotidiano e da assistere un attore a memorizzare la parte... Imparai persino a tollerare Carla Bruni, che il caro Vincent continuava a infliggerci, a tutte le ore, grazie al fedele stereo portatile.

Quasi tutti erano volontari. Il clima di collaborazione e fiducia era palpabile, quasi solenne. In qualche modo, appariva chiaro che non si trattava di un semplice spettacolo. Era una specie di commemorazione. Impiegai un paio di giorni a comprendere del tutto, comprendere che il luogo in cui ci trovavamo non era casuale, comprendere di cosa avrebbe parlato lo spettacolo. Non sapevo perché il regista fosse ossessionato da quella storia. Di fatto, nel giro di poco iniziò a ossessionare anche me.

∞

«C'era una volta un principe». Avrebbe potuto iniziare in questo modo, per quanto si trattasse di una storia, come Tobias mi aveva annunciato fin da subito, del tutto vera.

C'era una volta un principe italiano. Una notte estiva di trent'anni prima, agosto 1978, il principe si trovava su un'isoletta della Corsica, vicino alla Sardegna, in una striscia di mare sospesa tra due paesi. Il principe italiano non poteva oltrepassare quella striscia, poiché si trovava in esilio dal suo regno. Successe tutto in quella striscia di confine, nel mare tiepido, in una notte di agosto.

Il principe e la moglie avevano gustato una cena nell'unico ristorante dell'isola. Era un ristorante di classe, solitamente tranquillo, disturbato quella sera da un gruppo di altri chiassosi italiani.

Piú tardi il principe italiano aveva raggiunto la baia dove aveva scoperto un fatto ancora piú irritante. Secondo la ricostruzione compiuta in seguito dai giornali, qualcuno aveva usato senza permesso un canotto del principe per salire sulla propria barca. Lui si era infuriato. Era un principe in fondo, non poteva tollerare con facilità gli affronti.

Tempo prima era stato coinvolto in un'inchiesta per traffico d'armi. Un principe italiano con un debole per le armi. Nulla di sorprendente, allora, se quella notte tornò sulla spiaggia reggendone una. Una carabina Winchester M1. Alcuni giornali avrebbero scritto che si trattava di un fucile per la caccia agli elefanti. Sembra un'immagine surreale, troppo buffa per essere vera: un principe sdegnato sulla spiaggia di un'isola, a caccia di elefanti davanti al mare notturno.

La moglie del principe illuminava la baia. La illuminava con i fari della macchina, rendendola simile alla scena di un teatro.

Uno dei ladri del canotto era un ricco personaggio, un playboy della vita romana che secondo il principe urlò qualcosa del tipo: «Principe di merda!»

Secondo l'uomo fu invece il principe a urlare: «Italiani di merda, ve la faccio pagare!»

Si trattò insomma di un amabile dialogo. Tutto intorno, la scena pareva come in attesa. La baia. Le barche. La schiuma brillante delle onde sotto la luce dei fari.

In seguito, il principe disse di aver sparato un colpo in aria. Disse che l'altro gli si era buttato addosso e che un secondo colpo era partito per sbaglio. L'altro disse invece che il principe aveva sparato ad altezza uomo, due colpi, disse di essersi buttato a terra per schivarli. I testimoni dissero di essere stati sulla spiaggia, a guardare, un poco storditi, dissero di aver sentito i colpi, e alcuni aggiunsero di aver sentito forse altri colpi, misteriosi, chissà, esplosi nella notte.

Su una barca vicina dormiva uno studente tedesco. Una

scheggia di proiettile trapassò lo scafo e lo raggiunse. Lo ferí a morte. Un ragazzo. Diciannove anni.

Il principe italiano restò in carcere alcune settimane, ad Ajaccio, quindi fu rilasciato in attesa del processo. In un primo tempo ammise la responsabilità, poi ritrattò, il processo fu incredibilmente lento e si concluse dopo tredici anni. Quando il verdetto arrivò, sollevò numerose polemiche. Assolto. Il principe italiano non aveva ucciso nessuno. Subí soltanto una lieve pena per il porto abusivo dell'arma.

∞

Ogni mattina ci svegliavamo, ci riunivamo sulla spiaggia, dove ci aggiravamo ancora assonnati, nella vaga foschia, sorseggiando il caffè che Chiara, un'altra dei volontari, distribuiva da un grosso thermos d'acciaio. Non era un caffè dei migliori, in ogni caso il suo aroma si spargeva nella baia, pungente, fragrante, mescolandosi a quello della spiaggia umida. Il mare calmo del mattino ci soffiava in faccia la sua carezza.

Facendo saettare gli occhi sgranati, il regista affidava i lavori della giornata. Ero colpito dal nervoso vigore di quell'uomo. La misteriosa determinatezza che era in lui. Sembrava pieno di un'energia secca e ostinata, e non c'era dubbio che fosse questa energia a tenerci lí, fiduciosi, di giorno in giorno, una dozzina di persone che dormivano sulle barche e ogni mattina sorseggiavano caffè, nella baia dal riflesso argentato.

Vincent, il francese, attaccava nel frattempo Carla Bruni, con una tale assiduità e una tale perversa soddisfazione da far pensare che si trattasse di un qualche esperimento.

Io e Tobias ci chiedevamo se il francese fosse stato assoldato dalla casa discografica della Bruni per testare la nostra resistenza al disco. Facevamo congetture in proposito. Ci scherzavamo e ridevamo e puntualmente finivamo per guardarci allibiti. Oddio, nostro malgrado ossessionati da

Carla Bruni... Tobias raccontò di averla sognata che appariva fra le onde, come una sirena, due conchiglie come reggiseno, la chitarra in mano e cantando *quelq'un m'a dit que tu m'aimais encore, c'est quelq'un qui m'a dit que tu m'aimais encore*.

In realtà, il ripetuto ascolto di un disco tanto romantico sembrò essergli d'ispirazione. Fin dal primo arrivo sull'isola Tobias si era guardato intorno. La popolazione femminile del nostro gruppo non era numerosa, appena quattro unità, ma Tobias non si era scoraggiato e aveva diretto le sue attenzioni sulla piú carina.

Chiara aveva riccioli castani, un corpo minuto e flessuoso. Un mattino, Tobias le comunicò con tono serissimo che il caffè da lei appena distribuito era squisito. La clamorosa menzogna fu l'atto d'inizio di un fitto corteggiamento.

Con Tobias occupato sul fronte romantico, restai piú libero di concentrarmi sul progetto teatrale.

Osservavo Claudio scattare su e giú per la spiaggia, a ogni ora del giorno, e osservavo le reazioni che suscitava. La verità era che tutti rispettavano questo regista. Lo veneravano, quasi. Gli attori, gli organizzatori, la costumista, i tecnici, il fonico, gli aiutanti come me. Bastava una sua parola perché tutti si mettessero al lavoro con il doppio dell'energia.

Non capivo ancora il motivo di tanta venerazione. In compenso, il progetto mi sembrava sempre piú sensato: l'idea di mettere in scena quel lontano fatto di cronaca, e l'idea di metterlo in scena proprio lí, dove il fatto era avvenuto. Dove qualcuno era stato ferito a morte.

∞

Nella foto che circolerà sui giornali, il ragazzo è di una bellezza angelica. Ha zigomi pronunciati, quasi femminili, occhi di un grigio che sfuma nel verde. È uno studente. Figlio di medici. Fratello di un'ex Miss Germania, a quanto si dice.

Ha diciannove anni. Non è che la giovinezza basti a fare un angelo di lui, non è questo il punto. Soltanto, c'è una promessa per questo ragazzo, il tipo di promessa che sembra esserci per chiunque sia abbastanza giovane, o abbastanza ignaro da crederci. Credere che non c'è motivo di morire adesso. C'è solo vita adesso. La vita è una stanza senza pareti.

Il ragazzo sta dormendo, dorme per caso su una barca vicina, nella baia, nel rumore cullante della risacca. Poche ore prima dell'alba. La vita è ancora una stanza senza pareti. Sta dormendo sulla barca di amici, è in vacanza, non ha bisogno di essere svegliato. Non ha bisogno di incontrare alcun principe. Dormendo, forse sognando.

La scheggia del proiettile attraversò lo scafo della barca, gli si conficcò nella coscia e recise un'arteria.

Seguirono momenti confusi. Secondo il padre della vittima, che non era presente ma che racconterà piú volte la sua ricostruzione dei fatti, qualcuno annunciò che l'elicottero del principe era in arrivo per portare soccorso, ma l'elicottero non giunse e si persero due ore.

Gli amici lo portarono in barca a Porto Vecchio. Fu trasferito a Marsiglia dove gli amputarono la gamba.

Poi fu trasferito in Germania, all'ospedale di Heidelberg, dove fu sottoposto a numerose operazioni. Ricevette in tutto quattrocento litri di sangue. Soffrí di una cancrena all'inguine, lo tagliarono ancora. Era solo il corpo di un ragazzo, ecco cos'era, trasferito da un luogo all'altro e tagliuzzato ogni volta. Morí tra le braccia del padre dopo centoundici giorni di agonia.

Sull'isola, nella notte fatale, i fari della macchina avevano illuminato la baia, facendola brillare come una cava d'argento. Un piccolo arco di sabbia attorno alla distesa illuminata dell'acqua, proprio come la scena di un perfetto teatro.

∞

Quelli nella baia furono giorni intensi. Assorbivo la storia, quella che sarebbe stata raccontata nello spettacolo, la assorbivo con lentezza come un farmaco che acquista forza crescente.

Di notte giacevo in una delle barche, sottocoperta, ascoltando il respiro dei miei vicini di cuccetta. Per la precisione, ascoltando il *russare* dei vicini di cuccetta... Tendevo l'orecchio per sentire il silenzio ondoso della baia. Chissà per quale motivo non riuscivo a smettere di immaginare la scena: un principe italiano che impugna un fucile, illuminato dai fari di una macchina, nella notte che sa di brezza salata.

In una di quelle notti salii in coperta, a respirare l'aria mossa appena da un vento vago, tiepido, come il soffio di una bocca lontana. Là in fondo il cielo era scuro e brillante, nessuna traccia di pescherecci al largo.

Non ci fu bisogno di pensarci molto. Mi spogliai, ammucchiai i vestiti in un angolo e scesi la scaletta della barca.

L'acqua era fredda, mi lasciai comunque andare con un sospiro. Galleggiai sulla schiena, guardando in alto, studiando la complicata mappa delle costellazioni. Il mio primo bagno della stagione. Scivolai nell'acqua, tra le barche silenziose, ancora un poco irrequieto, come aspettandomi da un momento all'altro il riecheggiare di quell'antico sparo.

A dire il vero sentii tutt'altro. Avvicinandomi a una delle barche mi accorsi di un fitto bisbigliare. Tobias e Chiara erano seduti a poppa, la gambe a penzoloni, uno accanto all'altra, chiacchierando sottovoce, impegnati in una di quelle tipiche esaltanti conversazioni in cui si scoprono le cose che si hanno in comune. L'argomento, com'era prevedibile, era la sacra passione per il teatro.

– L'hai visto due anni fa lo spettacolo di Claudio a Santarcangelo? – interrogava Chiara con tono accorato.

– Certo. Geniale, – rispondeva Tobias senza esitare.

– E l'hai visto l'ultimo Raffaello Sanzio?
– Certo. Geniale, – ripeteva lui sempre piú trionfante.
– Ed Emma Dante, quest'inverno a Roma?
– Geniale, – ribadiva Tobias, sebbene a quanto sapevo non avesse mai visto quello spettacolo. – Geniale. Geniale.

Ripresi a nuotare, con un sorriso, tornando verso la mia barca. Cosí, sotto la luna, nella baia incantata, andava in scena anche questo rassicurante rito amoroso. Mi sentivo piú tranquillo. Forse adesso sarei riuscito a dormire. Era quasi estate, dopotutto, e la bellezza emanava da ogni punto della baia, dalle barche e dagli scogli nel chiarore lunare.

Mi issai sulla barca. Scrutai l'orizzonte. Si era fatto fresco. Mi strinsi nelle braccia e cercai di non tremare.

∞

Il padre della vittima disse che il padre del principe, l'ex re d'Italia, era stato l'unico a scrivere un telegramma per chiedere perdono. Il padre della vittima osservò che il principe italiano aveva amici potenti in Francia. Amici potenti. La durata del processo, tredici interminabili anni, era stata in effetti anomala per la giustizia francese. Il padre della vittima sostenne che il principe italiano lo aveva minacciato in vari modi, per convincerlo a rinunciare a ottenere giustizia.

Il padre della vittima sosteneva molte cose. Non era detto fossero tutte credibili. Lui le sosteneva, e avrebbe continuato a sostenerle per molto tempo.

Si trattava di un medico. Pochi mesi dopo la morte del figlio, quest'uomo si ammalò. È buffo come spesso ci stupisca, ingenuamente, l'idea di un medico che si ammala. Sviluppò un tumore al testicolo. Anche sua moglie, la madre del ragazzo, si sarebbe ammalata e sarebbe morta entro pochi anni.

Il padre riuscí invece a guarire. Era un medico, era stato un malato, e fu a questo punto che elaborò una teoria.

Lui, il padre della vittima, da tutta la vicenda aveva tratto un'intuizione. In fondo si trattava di un'idea semplice: ogni tumore, concluse, aveva origine da un conflitto emotivo, un tipo di choc che lui denominò, dal nome del figlio, Sindrome di Dirk Hamer.

Il figlio gli appariva in sogno e lo esortava a proseguire con le sue ricerche. Fu lui stesso a confessarlo. Il figlio scomparso gli parlava in sogno... In sogno, con il viso pieno di luce e un triste sorriso. Nei libri che scriveva per spiegare la sua teoria, Hamer padre continuava a parlare anche del figlio. Il figlio e la teoria erano un'unica cosa. Come potevano gli altri non capire? *Il fatto è che non servono le vostre cure. Ciò che serve è risolvere il conflitto.*

La teoria si sviluppava e raccoglieva seguaci. Un mucchio di persone iniziava a seguirla. Persone normali, c'era da supporre, persone che nutrivano il desiderio semplice, eppure al tempo stesso misteriosamente complicato, di restare in vita.

Molto presto cominciarono i guai. Com'era facile prevedere, Hamer padre trovò l'ostilità della medicina ufficiale e il sospetto delle autorità. La sua teoria non era dimostrabile con canoni scientifici. Circolavano notizie di gente morta per averla seguita. Gli fu revocato il permesso di esercitare la professione medica, finí piú volte in carcere e prese a fuggire per l'Europa. «Una persecuzione», disse. «Una persecuzione». O magari la fuga di un uomo il cui *conflitto* bruciava ancora, ostinato, nel petto, come un piccolo cuore di lava.

Le ultime notizie dicevano che si era rifugiato in Norvegia. Il dolore poteva spingere lontano.

Aveva riassunto la sua teoria in una Legge Ferrea del Cancro e aveva battezzato la sua medicina con un nome un poco sinistro, Nuova Medicina Germanica. Era diventato famoso, tra le altre cose, per una serie di discutibili affermazioni dal tono antisemita. A questo punto tutto si complicava, poiché il dolore di un padre era facile da comprendere, o almeno sembrava. Ma il dolore di un personaggio controverso? Il dolore di un personaggio controverso diventava forse «dolore controverso»?

∞

La sera della rappresentazione si avvicinava. Eravamo stanchi eppure entusiasti. Talvolta mi ritrovavo a passeggiare sulla spiaggia, sentendomi sospeso, in preda a un inquieto senso di attesa, mentre sul bagnasciuga combriccole di granchi avanzavano e arretravano, a ogni mio passo, sgambettanti, simili a un esercito in una guerra di posizione. La nostra era un'impresa folle, potevo capirlo: su un'isola semideserta, chi mai sarebbe stato il pubblico dello spettacolo? Era un'impresa folle, eppure in qualche modo nessuno di noi dubitava che fosse necessaria.

Claudio passava parecchio tempo con gli attori. In particolare con il giovane attore che interpretava il ragazzo. Se ne stavano laggiú, a lungo, seduti sugli scogli al lembo estremo della spiaggia, senza che nessuno capisse bene cos'avevano da dirsi.

Non sapevamo nemmeno come Claudio avesse ottenuto il permesso di lavorare nella baia, o chi stesse pagando le spese per questa strana avventura. L'uomo continuava a sembrarmi avvolto dal mistero, una di quelle persone cui non sai cosa dire, cui non sai bene cosa chiedere, pur intuendo in loro una quantità di rara, preziosa consapevolezza.

Ai miei occhi il regista restava difficile da mettere a fuoco, seppure il suo progetto fosse ormai molto nitido. Davvero nitido. Pressoché abbagliante: raccontare le storie parallele di quei due uomini, il famoso medico eretico e il discusso principe italiano. Colui che era stato il padre del ragazzo, e colui che lo aveva ucciso.

∞

Quanto al principe italiano, negli anni seguenti si lamentò spesso che quella storia gli aveva rovinato la reputazione. Tornò nella lussuosa casa di Ginevra e si mise ad aspettare il giorno in cui l'esilio sarebbe finito. Si dedicava a fondazioni di carità e a circoli monarchici. Nel corso del tempo non avrebbe mancato di dichiarare alcune principesche cazzate, come quando disse che le leggi razziali firmate da suo nonno non erano state poi «cosí terribili». Anche lui, a quanto pareva, aveva un gusto per le dichiarazioni infelici.

Le vicende giudiziarie non erano finite. C'era stata l'iscrizione alla loggia massonica P2, che un bravo principe italiano non poteva certo farsi mancare. Ci sarebbero state le contese dinastiche con un cugino, con tanto di sanguinosa rissa a un ricevimento. E una volta fatto infine rientro in Italia, nel 2006, ci sarebbe stata un'inchiesta per ipotesi di corruzione intorno a un giro di videopoker, inchiesta poi risolta con un nulla di fatto, che gli costò un ritorno di pochi giorni in carcere.

∞

In verità, non ritenevo che nelle intenzioni del regista ci fosse uno spettacolo contro la figura del principe italiano. Tutto sommato avevo l'impressione che del principe non gli importasse molto. Era la storia nel suo insieme a sembrare interessante. Quella lunga tormentata storia. Quella storia che sapeva di tragedia antica, quella storia che iniziava con un principe, senza condurre ad alcun regno felice.

Ricordo una sera, sulla spiaggia. Stavamo cenando seduti in circolo. Il sole basso stava per congiungersi all'orizzonte, una medusa di luce che calava verso l'acqua, stanca, allungando i suoi ultimi favolosi tentacoli.

Eravamo tutti italiani, tranne il francese amante di Carla Bruni. Finimmo per discutere delle cose del paese. Restammo seduti sulla sabbia a guardare le onde farsi sempre piú scure. Qualcuno disse che gli italiani, in fondo, avevano aspettato mille volte un nuovo re. Un re televisivo, un re politico, un re imprenditore... O magari tutte e tre le cose insieme.

Un re che arrivasse sul suo cavallo bianco. Un re con il suo mantello dorato. Un re che venisse a salvarci, tutti, dalla nostra perenne sensazione di abbandono.

Qualcun altro rise e disse che gli italiani, invece, non erano mai stati capaci di credere veramente in qualcuno. Neppure in Mussolini, neppure in alcun papa. Non avevano mai creduto fino in fondo in qualcuno, e questa era stata la loro fortuna, e insieme il loro dramma.

Non so chi avesse ragione. Posso ancora vederci, quella sera, a sorseggiare birra, un poco malinconici. Un piccolo fuoco acceso sulla sabbia ci illuminava la faccia. Di lí a qualche giorno ci saremmo sparpagliati. Molti di noi sarebbero tornati a Roma, alcuni degli attori avrebbero iniziato a lavorare in una fiction televisiva, mentre Vincent avrebbe presto scoperto, niente meno, che la sua amata Carla Bruni si stava fidanzando con un ambizioso politico francese.

Ma quella notte eravamo lí. Tutti noi, nel rumore della marea, a parlare dei re d'Italia.

Piú tardi, sulla barca, come al solito restai sveglio. Pensavo alla discussione avuta con gli altri. Mi rigirai piú volte nella cuccetta, ritrovandomi in mente una parola. Una parola... Una di quelle che mi avevano sempre colpito, sempre ipnotizzato fin da ragazzino. «Realista». Il termine «realista» designava qualcuno che aderiva alla realtà delle cose, e insieme qualcuno che parteggiava per un re.

Da ragazzino non avevo ben chiaro che questo doppio significato fosse legato a percorsi etimologici diversi. Pensavo che il «re» e la «realtà» fossero parenti, avessero a che fare l'uno con l'altra. Ero rimasto a lungo in questo equivoco. E per vario tempo mi ero chiesto perché i re fossero chiamati «Sua Altezza», anziché con un piú consono e solenne «Sua Realtà».

∞

Anche il principe italiano a modo suo era «re». Si diceva che decenni prima, tra le varie trovate, si fosse autoproclamato «Re d'Italia»... Anche il principe italiano a modo suo era «re», e rivelò infine la «realtà» dei fatti.

Lo fece sempre nel 2006, all'incirca un anno prima del nostro spettacolo sull'isola.

In quel tempo il principe italiano, mentre si trovava brevemente in carcere poiché al centro di quell'altra inchiesta, quella che aveva seguito il rientro in Italia, fu sentito condurre una conversazione. Un'interessante conversazione. In quel dialogo si vantava di «averli fregati». Si riferiva ai giudici del processo per la morte del ragazzo. Li aveva fregati. Questo era l'ultimo tocco. Un perfetto modo all'italiana di commentare la conclusione della storia. «Ero sicuro di vincere, – fu sentito dire nell'intercettazione. – Anche se avevo torto, devo dire che li ho fregati».

∞

Se provavo a pensarci, potevo capire il padre della vittima, anche se era un personaggio controverso, anche se forse era un pazzo o un nazista o chissà. Potevo capirlo. Il padre della vittima si era rifiutato di essere *realista*. Era rimasto contro il re e forse persino contro la realtà.

Potevo capire i suoi pazienti, che si affidavano a una teoria considerata non scientifica, una teoria che non voleva combattere la malattia, bensí il motivo stesso della malattia. Potevo capire anche loro. Potevo capire tutti. E in fondo potevo capire il regista. Alla fine avevo scoperto che era stato malato, o forse lo era ancora. Un tumore al testicolo, a sua volta. Adesso capivo il suo speciale carisma. Quel tipo di carisma che hanno certi sopravvissuti. Non arrivai a sapere i dettagli, se fosse ancora in cura o se per caso la sua storia avesse incrociato quella del famoso medico.

Ma quando infine scoprii il modo in cui si concludeva lo spettacolo, capii qualcosa dello stato d'animo di Claudio. Capii che in fondo non era neppure la storia del medico a interessargli. Non gli importava di quei due uomini, del medico e del principe. Nessuno dei due. Gli importava del ragazzo, ecco di chi gli importava. Solamente del ragazzo.

La sera dello spettacolo, una manciata di altre barche arrivò nella baia. C'erano dei giornalisti e qualche amico di Claudio. Anche con loro il pubblico rimaneva esiguo. Io e Tobias e Chiara eravamo sulla spiaggia, un poco nervosi, mentre la luna si alzava come un occhio curioso. L'allestimento sembrava elementare, non c'era neppure un vero palco, ma in effetti era meno semplice di quanto appariva. Il suono, ad esempio, era un problema in un ambiente del genere. Ci furono problemi tecnici che rimandarono l'inizio dello spettacolo, lasciandoci in attesa fino a notte fonda.

Per intrattenere il pubblico, il caro Vincent pensò bene di tirare fuori il suo stereo, e offrirsi amabilmente di farci ascoltare *qualcosa*... Nessuno protestò. Eravamo in un tale stato di sogno. Eravamo rapiti, ipnotizzati dall'idea della rappresentazione che stava per avere luogo. Spaventati forse, simili ai partecipanti a una seduta spiritica.

L'intero spettacolo si svolgeva sulle barche, ogni attore in equilibrio sul bordo di un'imbarcazione, mentre il pubblico osservava dalla spiaggia, muto, in piedi, come i testimoni di trent'anni prima. La luce principale arrivava dalla spiaggia, ed era assicurata dagli abbaglianti di un'automobile.

I fatti vennero narrati a ritroso, partendo dall'intercettazione del principe nel 2006 e andando indietro nel tempo. Ogni scena era l'antefatto, l'origine di ciò che si era appena visto.

Una brezza umida iniziò a spirare dall'acqua. Le poche persone sulla spiaggia si avvicinarono l'una all'altra, senza staccare gli occhi da ciò che avveniva sulle barche. I personaggi non avevano nomi, non avevano altro che il loro stesso ruolo: il principe, il ragazzo, il padre della vittima.

Era quasi l'alba quando giunse l'ultima scena, ovvero l'inizio della storia. Un bagliore intenso, elettrico e malinconico iniziò a schiarire l'orizzonte, mentre le costellazioni sbiadivano in cielo, e il fucile del principe sparava il suo colpo. Doveva essere un'arma di scena, certo, eppure il boato squarciò il silenzio della baia, e tutti noi ondeggiammo, sulla spiaggia, sentendo un brivido risalire la pelle, e fu a quel punto, fu a quel punto che tutti capimmo.

Il finale era stato cambiato. Persino gli attori sembravano stupiti. Claudio, il nostro regista, aveva tenuto segreto fino in fondo ciò che aveva in mente.

Dopo lo sparo il ragazzo emerse dalla barca, vivo, il corpo intatto, la pelle splendente nella luce dell'alba. Saltò con un balzo sulla barca dov'era il principe, gli dedicò un sorriso e allungò la mano, restituendogli il proiettile grosso e dorato.

Lanciò un ultimo sguardo verso di noi. Il ragazzo salí sul canotto, lo sciolse e si allontanò verso il largo. Quando capii ciò che stava accadendo... Quando capii che se ne stava andando, libero, vivo per sempre, corsi verso il bagnasciuga tremando piú forte. Non sapevo cosa mi stava accadendo. Avrei voluto urlargli di tornare, e insieme dirgli di andare lontano, lontano da noi e dal nostro dolore. Lontano da noi e dalla nostra realtà. Lontano. Lontano dal nostro regno perduto.

# Un bambino al centro della terra

Il bambino aveva sei anni ed era piccolo per la sua età, era nato con un lieve problema al cuore e infatti, di lí a qualche mese, avrebbe dovuto affrontare un'operazione. Però nel frattempo era estate e lui passava le giornate a combattere contro i cespugli, a correre sotto gli ulivi con i ragazzini delle case vicine o anche da solo. Era appena giugno e l'estate era una lunga avventura inesplorata.

La campagna era calda e piuttosto selvaggia, il posto una piccola frazione a sud di Roma.

L'anno era il 1981 e se provassimo a pensarci, chissà quante incredibili faccende ricorderemmo di quel periodo in Italia. Logge segrete con progetti eversivi, un Papa quasi ammazzato da un attentatore, gente rapita da gruppi terroristici e perfino un terremoto che sette mesi prima aveva scosso una regione del paese, uccidendo migliaia di persone. Era l'Italia, insomma. Scegli un punto qualunque della storia di questo paese e dimmi se non ci trovi incredibili sventure.

Poco lontano dalla casa del bambino c'era un pozzo artesiano. Un buco che uno dei vicini aveva scavato nel terreno, alla ricerca di falde d'acqua, una bocca buia e verticale con un'apertura di quaranta centimetri di diametro.

Sapevano tutti di quel pozzo. Di solito era coperto da una lamiera di metallo e quindi non era un grosso problema.

Il suo piccolo cuore che batte sotto la maglietta, l'intera estate davanti a lui. Si chiamava Alfredo ma tutti lo ricordano come Alfredino. Molti di noi erano piccoli o magari non ancora nati ma senz'altro hanno sentito parlare di lui.

∞

I genitori si accorsero della sua assenza verso le sette di sera, mentre la madre preparava la cena. – Vai a cercare Alfredo, – disse al padre.

Fuori, la luce iniziava a scendere e la sera presto si sarebbe stesa, come la piega di un vestito, sulla linea dei campi. Partiva il coro dei grilli. Una sera estiva. 10 giugno 1981.

Il padre gironzolò nei dintorni chiamando il nome del piccolo e aspettando di vederlo sbucare, come sempre, da qualcuna delle sue fantasiose avventure.

– Alfredo, – chiamò piú volte. – Alfredo.

Chiese a un ragazzino che viveva in una casa vicina, questo disse di averlo visto giocare da solo, sí, nel pomeriggio. Ma ora non sapeva dove fosse.

Il padre rientrò a casa. Adesso preoccupato. Nove e mezza di sera, il buio inghiottiva ormai del tutto il paesaggio. I genitori chiamarono la polizia.

All'inizio è soltanto una squadra di poliziotti, che cercano nella notte con le torce elettriche in mano, sudando, imprecando. Poi un'altra squadra con i cani, pastori tedeschi che annusano in giro, eccitati, alla caccia di qualche indizio, quindi finalmente la prima squadra di vigili del fuoco. Inizia ad allargarsi, questa ricerca, sta per farsi collettiva, per diventare la ricerca di un'intera nazione.

Quasi mezzanotte. Gran parte di noi dorme ignara, per il momento, senza sapere che il giorno dopo qualcosa cambierà, e anche per noi inizierà, in qualche modo, una nuova ricerca.

A notte inoltrata, un vigile del fuoco sentí parlare del famoso pozzo artesiano. Andò a dare un'occhiata e scoprí che il pozzo non era affatto protetto da una lastra. Forse, era rimasto scoperto per un lavoro di ulteriore scavo.

Il vigile del fuoco studiò la bocca nel terreno, un tunnel scuro sul quale infine si sporse con un brivido. Impossibile vedere dentro. Provò a gridare verso il fondo. Ammesso ci fosse un fondo. Attese qualche istante, quasi aspettando di sentir riecheggiare la sua stessa voce. Sentí invece una vocina invocare: – Mamma...

∞

Le prime ad arrivare furono le telecamere delle tivú locali. Era notte fonda e i loro fari potenti illuminarono l'area come per un'inattesa, fatata festa. Negli effetti, tutta quella luce aiutò i soccorsi. Squadre di vigili del fuoco accalcati attorno al buco nel terreno.

Una prima stima stabilí che il bambino era scivolato a una profondità di trentasei metri.

Trentasei oscuri metri. Le luci delle telecamere puntate inutilmente nello stretto cratere.

Si aggiravano tutti attorno a quel buco, squadre di soccorso, vicini di casa, telecamere, un gorgo di umanità sconvolta e confusa, fino a quando qualcuno ebbe un'idea. Calare nel pozzo una tavoletta di legno legata a una corda, come quella di un'altalena: il bambino avrebbe potuto aggrapparsi ed essere tirato su. Questa almeno era l'idea. Un'altalena calata nel buio. Ma il pozzo tendeva a stringersi e aveva pareti irregolari e dopo la prima ventina di metri la tavoletta si incastrò, senza scendere in basso né tornare in alto, ostruendo rovinosamente il passaggio.

Là sotto, il bambino era bloccato nel fango freddo, rannicchiato come in un grembo, prigioniero in un budello di neppure trenta centimetri di diametro.

A Roma, nel frattempo, sempre quella notte, un giornalista della tivú pubblica nazionale vegliava in redazione.

Furono le emittenti locali a informare il giornalista di ciò che accadeva laggiú, in una località di campagna mai sentita prima. Vermicino, ecco il nome della località, anche questo un nome destinato a conficcarsi, come un uncino, nella memoria di milioni di persone.

Fino ad allora, la tivú aveva sempre avuto il pudore di starsene a un passo di distanza dalle situazioni piú dolorose. Cosí era stato fino a quei tempi. Eppure qualcosa sembrava pronto a cambiare… Alle quattro di mattina la tivú nazionale raggiunge il posto. Nessuno sa davvero cosa stia per accadere, nessuno ha mai mandato sulla tivú pubblica una notizia del genere, nessuno sospetta che questo sarà uno struggente, irreversibile rito collettivo. Un rito di passaggio senza ritorno.

All'inizio, la tivú sembra un aiuto. Proprio un tecnico della Rai fornisce ai soccorritori un microfono che, calato nel pozzo, permette di comunicare con il bambino.

Un microfono. Trentasei metri di abisso. Il padre e la madre gridano le loro parole in ginocchio sul bordo dell'apertura.

In seguito, un altro vigile del fuoco sarà incaricato di parlare al bambino per tenerlo sveglio. Padre di tre bambini, l'uomo canta al piccolo le sigle dei cartoni animati piú famosi della tivú. Il piccolo piange di essere stanco di stare là sotto. Gli fanno male le gambe, le braccia, si è fatto la pipí nei pantaloncini. Ha sempre piú sonno.

– Non dormire, – gli dice l'uomo. – Non dormire. Stiamo per venirti a prendere.

L'uomo e il bambino si parleranno per ore. Sono destinati a non incontrarsi mai.

∞

Alle prime luci dell'alba entra in scena uno speleologo del soccorso alpino, poco piú che ventenne: riesce a calarsi nello strettissimo pozzo e tenta di rimuovere il legno che ostruisce il passaggio. Non ci riesce. In compenso, una volta risalito, riferisce che là sotto è un inferno di fango viscido e che il pericolo, dunque, è che il bambino scivoli ancora piú sotto.

I soccorsi, intanto, hanno trovato una guida. Il comandante provinciale dei vigili del fuoco.

Il comandante si convince che l'unica soluzione sia quella del pozzo parallelo: scavare un secondo buco fino alla giusta profondità, unire i due pozzi e raggiungere cosí il bambino. Il giovane speleologo tenta di opporsi. Le vibrazioni faranno scivolare il piccolo piú in basso. Ma è troppo giovane per farsi ascoltare... E poi non c'è piú tempo.

Già mattino. Il sole sorprende la zona invasa di gente sbigottita, ormai una piccola folla, sebbene ancora nulla rispetto a ciò che verrà. Si prova ad alimentare il bambino con acqua zuccherata, fatta scorrere attraverso una specie di lunga cannuccia.

Acqua e zucchero scendono nel fango. Sono le otto e trenta del mattino quando arriva la prima trivella.

∞

Quando iniziarono le vibrazioni, il bambino riprese a cadere. Spalancò la bocca per chiamare la mamma oppure il signore che gli aveva cantato le sigle dei cartoni animati, il fango gli entrò nella bocca e lui non riuscí a gridare e tutto quel che fece fu cadere e cadere.

Cadde cosí a lungo nel cunicolo fangoso che quasi gli passò la paura e cominciò a chiedersi dove stava andando a finire.

Pensò che stava per finire nell'inferno assieme ai diavoli oppure magari sarebbe sbucato in Cina. Suo padre una volta gli aveva detto che se scavi un buco abbastanza fondo finisci per sbucare in Cina. Il fango gli riempiva la bocca e le orecchie e la parete era liscia come un lenzuolo e decise di arrendersi e lasciarsi andare al sonno. Ma proprio allora il cunicolo si aprí all'improvviso e lui si ritrovò in uno spazio piú grande dove c'era della luce e atterrò su un pavimento di roccia dura.

– Ahi, – si lamentò. La caduta lo aveva stordito e di

nuovo pensò che gli sarebbe piaciuto addormentarsi ma la situazione si stava facendo davvero curiosa.

Non solo si trovava in una grande caverna sotterranea. Non solo in questa caverna c'era una misteriosa luce, bassa e riposante come quella di un tramonto. Adesso, tre facce si sporgevano sopra di lui e lo osservavano con preoccupazione.

– Giovane amico, – disse una delle facce. Era quella di un signore biondo e barbuto con un paio di occhialetti da professore. – È stata senz'altro una brusca caduta.

– Avvolgiamolo nelle coperte, – disse un'altra delle facce, un tipo piú giovane e dall'aria simpatica, sempre biondo e sempre barbuto.

Nessuna di quelle facce sembrava quella di un cinese, per quel che il bambino poteva saperne di cinesi. Non gli restò che chiedere con un filo di voce se fossero dei diavoli.

L'uomo con gli occhialetti sembrò perplesso dalla domanda. Si toccò la barba incolta e scoppiò in una risata: – Vogliate scusare il nostro aspetto incivile, – disse con buonumore. – Da settimane siamo impegnati in questa spedizione.

– Ah, – disse il bambino sempre piú debole, eppure contento di conversare con persone dall'aria tanto avventurosa. – Pensavo che cadendo sottoterra sarei finito in mezzo ai diavoli.

Doveva essere suonata come una battuta perché i tre uomini ripresero a ridere tutti insieme.

– Sotto il mondo non c'è nessun inferno. Sotto il mondo c'è soltanto un altro mondo, – disse l'uomo sistemandosi gli occhiali sul naso. Prese un'aria solenne e si presentò: – Professore Otto Lidenbrock. Questo è mio nipote Axel, – indicando il tipo piú giovane dalla faccia simpatica. Quindi indicò il terzo uomo, il quale si limitò a un cenno di saluto silenzioso: – E questo è il nostro fedele Hans.

Quei nomi suonarono non del tutto sconosciuti al bambino. Era bizzarro, certo, tutto molto bizzarro.

D'altro canto lui era cosí stanco, non poteva farsi troppe domande. Tutto quel fango. Tutto quel cadere.

Sentí che gli strofinavano addosso una coperta per ripulirlo e poi lo avvolgevano in un'altra coperta. Era bello essere in salvo.

Con l'ultimo fiato chiese in che tipo di spedizione fossero impegnati.

– Ma come! – esclamò il professor Lidenbrock, stupito che la cosa non fosse già chiara. – Giovane amico, qui si fa un viaggio senza precedenti. Un viaggio al centro della Terra.

∞

La trivella per scavare il pozzo parallelo si inceppò dopo due ore, appena la punta cozzò contro uno strato di granito. Era un terreno difficile e nessun geologo era stato consultato.

Una seconda trivella fu subito ordinata. Arrivò all'inizio del pomeriggio, quando il bambino era là sotto da almeno venti ore.

Quel giorno, il tigí nazionale dell'ora di pranzo trasmise il pianto del bambino registrato grazie al microfono. Adesso davvero tutto il paese sapeva.

Famiglie interruppero il loro pranzo e ogni madre del paese si sentí stringere il cuore. Possibile? Un bambino cosí piccolo intrappolato sottoterra? La gente iniziò a tempestare i centralini della Rai per suggerire fantasiosi metodi di salvataggio. Da quel momento ogni altra notizia scomparve. Erano soltanto loro due, l'Italia e il bambino.

Ecco un paese che voleva un lieto fine, ipnotizzato davanti a un televisore.

Ecco un paese che voleva una storia buona, si commuoveva tutto insieme.

La seconda trivella si bloccò poco dopo i venti metri di scavo. Troppa roccia in quella zona. In tutta fretta fu richiesta una terza, piú potente trivella. Tempo, era ormai un'emorragia di tempo, una nuova sera stava già calando.

Milioni di italiani aspettano l'aggiornamento in televisione. Davvero, mai prima d'ora il dramma privato di una famiglia è diventato un caso nazionale. Milioni di italiani osservano il padre, la madre inginocchiata sull'erba accanto al pozzo, milioni di italiani si sentono padre e madre, oppure, piú ancora, si sentono come quel bambino nel pozzo.

La terza trivella è arrivata. Sta scavando. Un'altra notte è su di noi, questa volta nessuno dorme ignaro.

∞

Si sveglia accanto a un fuoco che scoppietta vivace. Si guarda intorno, si trova sempre nella caverna! Mentre lassú tutti lo pensano ancora bloccato a trentasei metri di profondità, lui se ne sta invece accanto a questo fuoco, avvolto in un gran numero di coperte, a chilometri e chilometri sotto la crosta terrestre.

C'è sempre una luce soffusa. Non è quella del fuoco, è un riflesso uniforme quasi come quello proveniente da un cielo.

Sempre piú meravigliato, si solleva e cammina fino a quella che sembra l'uscita della caverna. La luce viene da lí.

A questo punto non è facile credere ai suoi occhi, per niente facile, eppure anche a chiuderli continuerebbe a sentire la brezza salata sul viso, un calore delizioso venirgli incontro e il rumore tranquillo di una risacca. Insomma, un mare di fronte a lui. Lassú il cielo ha colori favolosi e mai visti, una volta rosa e violetta e verde brillante, nubi multicolori che si susseguono come a formare un solo, immenso arcobaleno.

– Notevole, non trovate? – gli sta chiedendo il professor Lidenbrock, che lo ha raggiunto nel frattempo. – Siamo all'interno di una cavità gigantesca, cosí gigantesca che i vapori di questo mare sotterraneo formano nuvole che si scontrano là sopra, come vedete, dando luogo a fenomeni elettrici luminosi.

– Siamo dentro una grotta? – chiede lui sbalordito, rabbrividendo di eccitazione davanti a tali scoperte.

Con gli occhi scintillanti, come a dire che le sorprese non sono affatto finite, il professore si sposta di pochi passi. – E guardate là, – dice indicando un punto della spiaggia oltre una duna sabbiosa. – Guardate là, avete mai visto niente del genere?

In effetti, non ha mai visto niente del genere.

È una foresta, quella. Sulla riva, una foresta formata da giganteschi funghi a forma di ombrello, il fusto di ognuno alto almeno una decina di metri e l'ombrello largo altrettanto. – Chissà se funghi cosí grandi si possono mangiare, – è la prima cosa che gli viene in mente davanti a quei prodigiosi esemplari.

Il professore si gratta la barba e gli rivolge uno sguardo cordiale. – Ah, giovane amico! Avete proprio ragione, pensiamo a riempire il vostro povero stomaco.

Vicino alla risacca ci sono Axel e il fedele Hans. Hanno acceso un altro fuoco sulla sabbia e stanno preparando una colazione.

Il bambino non ha mai mangiato carne secca, ha un sapore simile a quello del prosciutto. Gli offrono del tè bollente e del pane secco e croccante da inzupparci dentro. Sopra di loro le nubi multicolori si avvolgono una nell'altra come a comporre enormi fiori, dai cui petali si allungano scintille minacciose e incantevoli.

– Il vento è favorevole, – osserva Axel.

– Proprio vero, – conferma il professore scrutando l'orizzonte. – Faremo meglio a salpare.

Soltanto ora il bambino si accorge della zattera in attesa sulla riva, costruita con pezzi di legno fossile raccolti sulla spiaggia. È già carica con le provviste e i materiali da campo e le coperte in cui il bambino ha dormito, che

Axel e Hans devono aver recuperato finché lui ammirava i funghi giganti col professore.

Nel giro di pochi istanti, sono tutti in piedi e si preparano per la partenza.

– Allora, siete pronto a proseguire l'avventura con noi? – gli propone Lidenbrock con occhi sempre piú luccicanti. – Sull'altra riva di questo mare contiamo di trovare il cammino che ci porti ancora piú in profondità. Verso la nostra meta.

Il bambino si fa serio, osservando la linea sconfinata di quel mare. Dove sarebbe l'altra riva?

E poi, gli vengono in mente i suoi genitori, là in superficie, che di certo si chiedono dov'è finito, e persino quel tipo che gli ha cantato le sigle dei cartoni animati, gli viene in mente casa sua e le corse sotto gli ulivi e si chiede se non sia ora di tornare indietro.

Ma il professore lo incalza, mentre salta sulla zattera:
– Forza, giovane amico! Partiamo!

– Forza! – ripete suo nipote Axel con un sorriso, tendendogli la mano per farlo saltare a bordo.

Non gli capiterà mai un'altra simile avventura. Mentre la zattera prende il largo, si voltano a guardare la spiaggia selvaggia che hanno appena lasciato. I funghi giganti sembrano guardarli, immobili, augurando buon viaggio. Il bambino non si è mai sentito cosí malinconico e felice allo stesso tempo e si abbandona al movimento delle onde. La brezza gonfia la vela realizzata con una delle coperte.

– Avanti tutta, – sta gridando il professore. – Verso il centro della Terra.

∞

Il mattino seguente la terza trivella sembrò finalmente superare lo strato roccioso. Palate di terriccio morbido iniziarono a salire in superficie e un improvviso ottimismo si diffuse fra i soccorritori. C'erano quasi, c'erano quasi!

Fu cosí che il telegiornale nazionale, che nell'edizione all'ora di pranzo si era collegato con Vermicino, decise di continuare il collegamento. I programmi abituali furono stravolti. Il salvataggio poteva avvenire da un momento all'altro e bisognava mostrarlo in diretta.

Era soltanto un paese che voleva un lieto fine. Un paese che voleva una storia felice.

C'erano quasi, però il pomeriggio avanzava con notizie contrastanti. Erano vicini, erano ancora lontani. La diretta ormai era avviata, i tre canali Rai la stavano mandando a reti unificate, lo sguardo di milioni di spettatori era puntato sulla scena. Troppo tardi per fermarla. Restarono tutti in attesa, ecco, mancava un minuto, mancava un altro minuto, un conto alla rovescia che si faceva infinito.

C'era una sola telecamera a disposizione. I modesti mezzi di allora permettevano soltanto un'inquadratura fissa, un lungo piano sequenza che mostrava la ressa intorno al buco. Si vedeva gente indistinta applaudire, gente che si disperava, un lungo brivido a scosse alterne che si propagava in tutto il paese.

Il bambino era là sotto da quarantacinque ore quando sul posto arrivò il Presidente della Repubblica.

Era un vecchio molto amato, il Presidente di quel tempo, un signore bianco e minuto che indossava sempre, anche sotto il sole di giugno, un severo completo scuro.

– Non me ne andrò fino a quando Alfredino non sarà tirato fuori, – disse il Presidente.

Neppure le telecamere se ne sarebbero andate. Né gli spettatori si sarebbero staccati dagli schermi. Una media di dodici milioni di spettatori seguí la diretta.

Nei pressi del buco, assieme al Presidente c'erano le sue guardie del corpo, c'erano i soccorritori sempre piú nervosi, c'erano centinaia di guardoni tenuti a stento lontani dal pozzo. C'era anche la telecamera di una tivú americana.

L'arrivo di centinaia e centinaia di persone aveva reso difficile trovare parcheggio per la macchina.

Mentre il lieto fine continuava a non venire, e le ombre del pomeriggio si allungavano un'altra volta, un'atmosfera stordita calò sul luogo. Uno stato di sogno e come di febbre. Venditori ambulanti offrivano bibite fresche.

Non ce ne andremo fino a quando il bambino non sarà fuori. Non ce ne andremo mai più da qui.

La lentezza esasperante della trivella. La folla che vagava intontita e spossata, smaniosa, aspettando che tutto finisse, o forse non aspettando più nulla.

Salvate quel bambino. In milioni di case si formulava questa preghiera.

E infine, ecco, stanno scavando il tunnel tra i due pozzi paralleli. Scavano con le mani per paura di ferirlo. Raggiungono il pozzo maledetto, scavano con le unghie l'ultima manciata di terra. A questo punto, un'amara sorpresa. I soccorritori non trovano nessuno. È uno shock. Soltanto adesso si rendono conto che il bambino, chissà da quanto, deve essere scivolato ancora più in basso.

∞

I soccorritori stabilirono che il bambino fosse scivolato di un'altra trentina di metri, a una profondità complessiva di oltre sessanta. Si sbagliavano, dovevano proprio essersi sbagliati, perché il bambino in realtà era a *chilometri* di profondità ed era in viaggio, proprio in quel momento, tra le onde di un mare sotterraneo.

La navigazione proseguiva a buon ritmo. Ma era difficile stabilire a che punto fossero perché avevano perso di vista la riva da cui erano partiti e ancora non si avvistava quella dall'altra parte.

Una brezza irregolare gonfiava la coperta che faceva da vela.

Nel mezzo delle acque il fedele Hans buttò una lenza con un amo, un pezzetto di carne secca come esca, e in poco tempo pescò una quantità di prodigiose creature dentate, ruvide e corazzate. Pesci preistorici! Il bambino li guardava con occhi spalancati.

– Guardate là, – gli indicò Lidenbrock con l'ennesimo scintillio nello sguardo. Le meraviglie di quel mare non erano finite: a un centinaio di metri di distanza, l'acqua ribolliva e due mostri giganteschi, simili a dinosauri, lottavano tra le onde.

– Scendendo verso il centro della Terra incontriamo forme di vita sempre piú preistoriche, – spiegò il professore. – Piú scendiamo, piú ci avviciniamo alle forme di vita delle origini.

Il bambino rabbrividiva felice. Pesci preistorici, dinosauri! Mai visto nulla del genere neppure nei cartoni animati.

Il pensiero dei genitori lontani lo assaliva a tratti, allora si consolava pensando alle storie eccezionali che avrebbe raccontato loro una volta tornato. Avrebbe avuto davvero un sacco da raccontare. Lassú le nubi elettriche e multicolori si facevano basse, sempre piú basse, come se volessero sfiorarlo con un'umida carezza.

– Zio! – gridò invece il giovane Axel al professore. – Tempesta in arrivo.

L'aria era cosí elettrica che i capelli di tutti presero a sollevarsi. Il bambino continuò a rabbrividire, di terrore adesso, mentre intorno si scatenava un inferno di saette. Il cielo si era fatto viola come un livido e la burrasca gonfiava le onde e infine il cielo sembrò sciogliersi scaricando un torrente di acqua rabbiosa. Impossibile vedere. Il bambino sentí che il professore gli gridava di tenersi forte ed ebbe voglia di mettersi a piangere ma bisognava tenersi. Tenersi forte.

∞

Tre diverse trivelle e un giorno e mezzo di scavo non erano serviti. Quando si capí che la situazione era disperata, il panico calò tra la gente attorno al buco. Il tempo sembrò congelarsi e tutti restarono a guardarsi, la faccia deformata da una fitta di orrore e impotenza. E adesso? Sera di nuovo, il bambino era là sotto all'incirca da cinquanta ore. Cinquanta ore nel fango gelido.

Nelle loro case infuocate dalla sera estiva, milioni di italiani imprecarono e rabbrividirono.

Il comandante dei vigili del fuoco afferrò un megafono, si guardò intorno atterrito. Bisognava tornare all'idea che qualcuno si calasse nel pozzo originale. L'ultimo estremo tentativo. – Ci serve qualcuno di magro, veramente magro!

Sulla scena, già da parecchie ore, aspettava una varietà di uomini minuscoli, nani, contorsionisti, esperti di yoga, ognuno pronto a offrirsi volontario. Uno di loro aveva persino il proprio megafono che usava per farsi pubblicità, nella speranza di essere scelto. A casa, il pubblico osservava quella parata di uomini e cercava di capire chi fosse il piú minuto, il piú adatto a calarsi nel pozzo.

Impossibile staccare gli occhi da tutto questo. Se smettiamo di guardare, cosa sarà di noi e di questo bambino?

Il primo a calarsi fu il giovane speleologo, che per tutto il tempo era rimasto sul posto. Scese a testa in giú, una corda alle caviglie, giú mentre il fango si infilava in gola, bruciava negli occhi. Riuscí a farsi strada fino a quaranta metri. Urlò nella speranza che il bambino lo sentisse. Al limite dello svenimento, fu tirato su.

Il secondo a calarsi fu un altro volontario dalla corporatura esile. Si fermò a cinquanta metri. Il sangue alla testa e la mancanza d'aria e il fango gelido rendevano la discesa un'impresa sovrumana.

– Silenzio! – gridò a un tratto il Presidente, anche lui rimasto sulla scena, alla gente che vociava nervosa.

Tutti si zittirono. Tutti si guardarono, di nuovo, stupiti, come chiedendosi *davvero, sta succedendo davvero? Siamo qui, siamo noi, possibile che questo sia reale?* Era tutto reale, ma aveva smesso di sembrarlo, il soffio della sera, le luci delle telecamere, l'odore della campagna, le zanzare indisturbate, i mozziconi di sigaretta, il sudore sulla pelle, la polvere negli occhi.

Si fece avanti il terzo volontario. Era un giovane uomo di ventiquattro anni, veramente minuscolo, con l'aspetto di un folletto.

Di professione era un tipografo. L'uomo-folletto scese a testa in giú come gli altri. Ci sarebbe rimasto per quarantacinque minuti, molto oltre il normale limite di resistenza.

Silenzio. Era un'altra notte, l'ultima notte, l'Italia insonne davanti alla diretta.

L'uomo-folletto riuscí a scendere a sessanta metri. A testa in giú, nel budello sempre piú stretto. In seguito disse di aver toccato il bambino, di avergli pulito la bocca dal fango, di aver provato a mettergli un'imbracatura. Lo spazio troppo stretto, non ci riuscí. Allora tentò di trascinarlo in su tenendolo per le mani. – Tieniti, – gridava al bambino. – Tieniti forte, tieniti forte!

∞

Il professor Lidenbrock continuava a gridargli di tenersi forte. La tempesta infuriava, la pioggia gli lavava la faccia e per non farsi sbalzare dalla zattera il bambino si aggrappò al palo della vela.

– Tieniti forte!

Lui ci provava, ma gli era tornata la voglia di dormire e si sentiva sempre piú debole e il mare adesso si muoveva come una grande, vertiginosa culla. Iniziò a sentirsi intorpidito...

∞

Il bambino gli stava sfuggendo e l'uomo-folletto tentò con tutte le forze di stringerlo. Gli stava sfuggendo. Per sette volte lo afferrò e sette volte perse la presa.

– Porca la miseria, – gridò al limite delle forze.

33

∞

Gli sembrò che Lidenbrock imprecasse ed ebbe paura che anche il professore stesse perdendo la speranza.

Se un uomo come il professore si arrendeva, voleva dire che la tempesta davvero li stava per inghiottire e magari sarebbero finiti in pasto a uno di quei mostri che avevano visto prima. Il bambino non voleva essere mangiato da alcun mostro. Non cadere in pasto a nessun mostro. Era arrabbiato con questa tempesta, certo, arrabbiato per tutto quello che gli era successo, d'altro canto era solo un bambino e ormai era cosí stanco, il bambino piú stanco che ci fosse mai stato al mondo.

∞

Attraverso il walkie-talkie che aveva con sé, tutto il paese aveva sentito la rabbia dell'uomo-folletto, la sua disperazione. Era piena notte quando lo tirarono fuori. Sanguinava, era in chiaro stato confusionale e fu caricato subito su un'ambulanza. Non guarirà mai completamente dai traumi fisici di quella discesa.

Che cosa resta ormai? Un ultimo volontario prova a calarsi, un altro speleologo professionista, che porta delle manette con l'idea di ammanettare a sé il polso del piccolo.

Viene estratto poco dopo, anche lui sconfitto. Dice che ha toccato il bambino. Dice che il bambino non si muove piú.

∞

Ricordiamo tutti la storia del bambino nel pozzo, anche se molti si sbagliano su come andò a finire. La gente pensa che sia morto dentro quel pozzo. Gli uomini che si erano calati là dentro, nella mancanza d'aria e nello stress di stare a testa in giú, erano persino convinti di averlo toccato. E invece… Il bambino aprí gli occhi, li sbatté nella luce incantata e si ritrovò su un'isola nel mezzo del mare sotterraneo. La tempesta era passata e anche gli altri si erano salvati.

– Salvi, – disse Lidenbrock commosso. Una lente dei suoi occhiali si era crepata e i capelli gli stavano arruffati sulla testa. – Ed è tutto merito vostro, giovane amico.

– Merito mio?

– Se non aveste tenuto con tanta forza la vela della zattera, manovrandola con successo, non saremmo mai riusciti ad approdare su quest'isola.

Il professore gli strinse la mano con gratitudine.

Axel propose che l'isola, mai esplorata prima da essere umano, prendesse il nome di chi li aveva condotti fino a lí. Il fedele Hans, che di solito non proferiva parola, aprí bocca per dirsi d'accordo.

Fu cosí che l'isola fu solennemente battezzata *Isola di Alfredo*. Insomma, erano salvi per merito suo! Il bambino aveva compiuto qualcosa di eroico ed era orgoglioso, certo che lo era. E allora, cos'era quella spina di malinconia che non smetteva di pungere in lui, e anzi pungeva piú forte di prima?

– Mi piacerebbe tornare a casa, – confessò ai suoi compagni d'avventura, i quali apparvero molto costernati.

Un silenzio imbarazzato calò fra loro. – Ma come, – si schiarí infine la voce il professore. – Guardate, – e gli indicò una grotta tra gli scogli. – Abbiamo appena scoperto che quella è l'imboccatura per riprendere la discesa verso il centro della Terra. Non vorrete abbandonarci ora.

∞

La luce della mattina sorse bianca, improvvisa, bruciante. Luce sull'erba calpestata da troppe persone. Luce sulle facce incredule e sfatte. Luce sugli occhi umidi. Sulle gole senza piú fiato. Nessuno aveva il coraggio di muoversi. Qualcosa era sprofondato in quel buco, assieme al bambino, qualcosa che li aveva lasciati con la sensazione di essere meno vivi, molto meno reali.

I medici calarono una sonda. Dissero che non si sentiva piú il cuore. Il suo cuore piccolo e indisciplinato.

Era soltanto giugno, l'estate una lunga avventura inesplorata, era soltanto una piccola frazione di campagna, un pozzo di pochi decimetri di diametro.

Erano quasi le sette di mattina quando decisero che non c'era piú nulla da fare. Aveva resistito due giorni e mezzo, già incredibile che fosse arrivato a tanto.

Pianse il vecchio Presidente. Piansero i presenti. Piansero i genitori. Un padre e una madre che affondano le mani nell'erba e lasciano andare lacrime dentro un buco, mentre il sole si alza e i mezzi dei soccorsi, mesti, cominciano ad andare via.

∞

Avevano messo dei candelotti di dinamite nella grotta, per far saltare un masso che ostruiva il passaggio. Era stata un'idea del professore: Lidenbrock era un geologo e conosceva, quindi, cosa fare in simili situazioni. Poi erano tornati sulla zattera per osservare lo scoppio dal mare, a distanza di sicurezza.

Nell'attesa di sentire lo scoppio, il bambino si accorse che ricominciava a gocciolare. Sollevò lo sguardo… Gocce mute gli scendevano addosso, piccole lacrime salate che scendevano anche se le nubi multicolori brillavano piú che mai, anche se ormai non c'era segno di tempesta.

∞

Quel mattino, in milioni di case, la gente si scordò di spegnere i televisori e andò nelle stanze dei figli. Eravamo lí, dormivamo pacifici. Nessun buco sembrava averci inghiottiti. In tutto il paese genitori inquieti sospirarono, disorientati, un nodo in gola.

Eravamo lí, i bambini di allora, gli adulti di adesso. Saremmo cresciuti ricordando la storia del bambino nel pozzo.

In seguito, qualcuno disse che quello era stato il primo caso di reality show italiano. Una perdita dell'innocenza in diretta televisiva. L'ingenua crudeltà di un circo. Un rito di lacrime e sospiri cui avevano partecipato, in totale, oltre venti milioni di spettatori.

∞

E poi ci fu l'esplosione e il mare prese a entrare nella grotta. Un nuovo passaggio era stato aperto e il mare ci si infilava, formando un torrente che scendeva in forte pendenza.

– Eccellente, – stabilí il professore. – Non poteva accadere di meglio, non trovate? In questo modo, dovremo solo reggerci alla zattera mentre il torrente appena nato ci trascina con sé, portandoci verso le meraviglie profonde del pianeta.

∞

Il magistrato dispose di versare dell'azoto liquido nel pozzo, in modo da congelare il corpo fino a quando si fosse riusciti a recuperarlo.

Quel fine settimana, migliaia di persone andarono in pellegrinaggio a Vermicino, per sospirare una preghiera commossa, o solo per lanciare un ultimo sguardo morboso al buco nel terreno.

In seguito ci saranno polemiche sull'inefficienza dei soccorsi, ci saranno processi ai proprietari del terreno, ci saranno ipotesi di perversi complotti. Il bambino era caduto da solo o qualcuno lo aveva buttato là dentro, con chissà quale obiettivo? Nella testa della gente continuava lo spettacolo, un teatro di supposizioni e teorie cospiratorie.

I genitori non sposarono queste teorie e restarono attaccati, con coraggio, alla versione piú semplice e per questo ancora piú atroce. Un piccolo che cade senza motivo, muore da solo nel buio.

Di lui restò un'unica foto diffusa pubblicamente, un musetto simpatico e una canottiera a righe, sullo sfondo una spiaggia in un giorno spensierato. Restò anche un centro con il suo nome, fondato dalla madre, dedicato alla protezione civile.

∞

Soltanto per un attimo, mentre la zattera si infilava nel passaggio verso il centro della Terra, soltanto per un attimo il bambino ebbe il pensiero di saltare giú dalla zattera, sugli scogli dell'isola. Soltanto un ultimo attimo di incertezza, di desiderio di tornare indietro. E poi la zattera si tuffò lungo la ripida discesa e ormai non si tornava indietro.

La zattera sobbalzava e tutto intorno si alzavano schizzi di schiuma. I suoi compagni di avventura lanciavano urla di gioia ed era come montare un cavallo ammattito. La discesa era ripida, stavano scendendo, davvero scendendo.

Gli dispiaceva per i suoi genitori, gli dispiaceva pensare di allontanarsi da loro.

Il professore gli urlò di non essere triste e che era giusto cosí, urlò che tutti a modo loro andavano in cerca del centro, tutti, davvero tutti, anche lassú, soprattutto lassú. Andavano in cerca del centro. Proprio come loro facevano adesso.

In realtà il bambino non era piú triste. In realtà di colpo era felice. Anche se era piccolo capiva che il suo era un viaggio importante e che difficilmente sarebbe tornato indietro ma questo, a un tratto, non gli faceva piú paura.

# Una bella addormentata

All'incirca un anno e mezzo dopo l'avventura dell'Isola di Cavallo, mi capitò un viaggio in Friuli. Era il febbraio del 2009 e avevo da poco lasciato Roma dopo la desolata fine di un lavoro e un altrettanto desolato periodo di depressione. Impasse emotiva, la chiamavo io. Era stato nel mezzo di questa impasse che il vecchio amico Tobias, grazie alle sue inesauribili conoscenze, per la precisione grazie a una delle sue tante ex, era riuscito a procurarmi un contatto con una rivista straniera. La rivista mi aveva commissionato un reportage.

Feci il viaggio con una giardinetta scassata avuta in prestito, i sedili che puzzavano di birra per qualche notte brava di mille anni prima e il volante che iniziava a vibrare appena sopra i settanta all'ora. Una volta a destinazione, il motore si spense con un colpo di tosse.

Il posto era un vecchio borgo ristrutturato. Una stradina di ciottoli bianchi portava a uno spiazzo sul quale si affacciavano un maneggio, un paio di abitazioni e l'agriturismo. Nell'ultimo sole del giorno, si vedevano le montagne imbiancate là in fondo.

L'aria portava l'odore della legna nei camini e quello piú acre dei cavalli del maneggio. Intorno, la campagna del Friuli splendeva coperta di brina. Udine era a pochi chilometri, e non so bene perché avevo prenotato in un posto cosí fuori mano, visto che nei giorni seguenti avrei dovuto passare molto tempo in città. Perché costava poco, suppongo. E perché in quel periodo mi andava di dormire in posti tranquilli.

– Su cosa deve scrivere il suo articolo? – mi chiese la signora dell'agriturismo mentre mi accompagnava nella stanza.

Glielo dissi. Non era un argomento facile, d'altro canto in quei giorni ne parlavano tutti. – Su quello che sta succedendo a Udine. Sulla storia della donna in coma.

∞

Dopo che le ebbi detto l'argomento del reportage, la signora sembrò perdere per un attimo il sorriso.

Ma subito riprese la sua aria cordiale. Si chiamava Fernanda, avrà avuto sui sessant'anni, gli occhi verdi e caldi e capelli di un perfetto colore argento che si arricciavano, qua e là, sfuggendo da sotto il cappello da cowboy che portava in testa. Indossava un maglione di lana grezza, un paio di jeans e degli stivali e aveva quella dote che hanno certe mature signore di apparire, insieme, eccentriche e pienamente affabili. – Se ha freddo durante la notte, qui ci sono altre coperte.

– Grazie. Credo che starò bene. Sembra un posto proprio tranquillo.

– Le coperte, – si preoccupò di nuovo indicando l'armadio. E quindi mi lasciò solo.

Dalla finestra, si vedeva il ghiaccio sui campi nel chiarore notturno. La sera ormai dominava e il mondo restava sospeso, quasi trafitto, nell'intensità remota del letargo invernale. Piú tardi provai a dormire, e il posto continuava a sembrare tranquillo, senza dubbio. Peccato che, con l'avanzare della notte, la bora iniziò a soffiare e la stanza si riempí di spifferi.

Soffi gelidi tagliavano l'aria con la precisione di raggi laser. Sotto il cumulo di coperte accesi il portatile e rimasi al riparo, nel bagliore dello schermo, come in una tenda improvvisata. Le raffiche di bora ululavano contro gli infissi. Riguardai gli appunti per il reportage… Dunque, c'era questa donna in coma da molti anni. Non sarebbe stato facile spiegare al pubblico della rivista straniera perché un intero paese, nelle ultime settimane, si stava fermando intorno alla sua storia.

Le tivú italiane che non parlavano d'altro, i talk show pieni di commentatori furiosi, la gente che protestava sotto le finestre della clinica. La donna era stata appena trasferita in una clinica di Udine, non lontano dall'agriturismo.

Rintanato sotto la mia tenda di coperte, misi in ordine i punti della storia. L'inizio risaliva a diciassette anni prima, in una città della Lombardia, e anche quella dell'incidente era stata una sera di profondo inverno, nel gennaio del 1992. Al tempo, la donna aveva ventun anni.

La bora sembrò ululare piú forte, a un tratto, come indignata contro questa storia, contro la sua crudeltà. Secondo la ricostruzione fatta in seguito, quella sera lei aveva già messo il pigiama, poi aveva sentito al telefono certi amici e aveva deciso di raggiungerli. Era partita con l'auto di suo padre: una giovane donna dai lunghi capelli scuri, occhi altrettanto scuri, sorriso luminoso. Aveva raggiunto gli amici in un locale ed era stata con loro e infine, ormai notte, un amico si era offerto di accompagnarla. Ma lei preferiva riportare a casa la macchina.

La strada silenziosa. Il ghiaccio sull'asfalto e sulle rive del lago di quella città. L'inverno trionfava con il suo incanto. Poi la macchina cominciò a sbandare.

Stavo ancora guardando gli appunti quando la stanchezza mi calò addosso, lo schermo sembrò appannarsi e mi addormentai abbracciato al computer.

Il sogno iniziò quasi subito. Il mio inverno si fuse con quello di diciassette anni prima. Il cuore gelido del mio inverno e il cuore gelido del suo. Ero nella macchina con lei, o forse in un certo modo, nel modo strano dei sogni, *ero* lei. Sognai che il mondo si metteva a girare mentre la macchina faceva il testacoda sull'asfalto. Sognai che mi aggrappavo al volante, con sorpresa, e che il testacoda durava per ore, per giorni o forse in eterno, mentre il mondo intorno continuava a girare, girare come il vortice di una nebulosa.

∞

I genitori furono raggiunti al telefono alle nove e mezzo del mattino. Stavano passando una breve vacanza fuori città. Il padre racconterà piú volte lo smarrimento di quella telefonata nell'angolo di un albergo: gli dissero che la macchina aveva fatto un testacoda sul ghiaccio e si era schiantata contro un muretto.

Tornarono subito a Lecco. Erano partiti convinti che in loro assenza nulla sarebbe cambiato, tornavano in città per ritrovare una figlia in coma. Lei era in rianimazione: oltre ad alcune fratture, aveva gravi lesioni al cervello.

Avrebbero voluto stringerla, certo, d'istinto avrebbero voluto trattenerla, impedirle di andarsene. Sedevano a guardarla e a chiamarla per ore.

Ma lei era cosí lontana. Occhi senza sguardo, nessuna reazione. Quel legame magico che fa scaturire la scintilla della coscienza, quel segreto che fa di un corpo un corpo consapevole, si era dissolto. Loro figlia non era piú loro, neppure apparteneva piú a se stessa, piuttosto sembrava appartenere ai dottori, ai protocolli rianimativi, alla solerte macchina della medicina. Veniva trasferita da una struttura all'altra, veniva nutrita attraverso un sondino infilato nel naso e riceveva farmaci antiepilessia e vitamine e cure contro le piaghe da decubito. Però lei non c'era. Tutto quel daffare intorno al suo corpo, e lei non c'era piú.

Due anni dopo l'incidente fu formulata la prognosi definitiva: stato vegetativo permanente. Un modo per dire che non era piú possibile alcun risveglio.

∞

– Come ha dormito? – chiese Fernanda quando scesi per colazione il mattino dopo, nel minuscolo bar al piano terra dell'agriturismo. Portava il suo cappello e una maglia a larghi fiori psichedelici, un accostamento che le dava un'aria tra il western e la nonna hippy. – In genere nessuno si ferma a dormire in questo periodo dell'anno, – mi rivelò da dietro il bancone.

– Credo di aver capito perché, – sospirai, accettando con gratitudine una tazza di caffè bollente.

Il bar era una stanzetta con le finestre appannate, frequentata dai clienti del maneggio e dal personale, istruttori di equitazione e inservienti. Un ceppo bruciava nel camino. Lo stereo mandava un vecchio album di Janis Joplin.

Avevo pensato di ritrovarmi in una specie di covo di cowboy, tra gente che avrebbe parlato solo di razze equine e marche di selle. Invece, l'argomento del giorno era lo stesso per il quale ero qui. Una piccola tivú era accesa in un angolo, e sebbene l'audio fosse a zero, la mezza dozzina di persone presenti guardava assorta le immagini. Stava andando un servizio sulla donna in coma.

Non serviva l'audio, era l'ennesimo talk show con gli ennesimi tizi che si scannavano per stabilire se si poteva lasciar spirare la donna o costringerla in vita. I discorsi che si trascinavano da settimane. A tratti compariva la sua foto, lei diciassette anni prima, i capelli lunghi, il sorriso luminoso, e poi le immagini della clinica di Udine, le decine di manifestanti integralisti per strada, mentre nel bar la musica continuava e la voce graffiata invocava *honey, nothing's going to harm you now, no, no, no*.

Ci fu un brusio nel bar quando sullo schermo si vide una manifestante. Solo piú tardi avrei capito il perché. Era una tipa con una giacca a vento verde, i capelli lisci tirati dietro le orecchie, e appena si accorse di essere inquadrata lanciò uno sguardo in camera, si allargò il giaccone e rivelò una maglietta con la stampa di un cuore, rosso sangue, unito alla sommità con una croce.

– Che stai guardando? – mi apostrofò una voce, come se stando davanti alla tivú mi stessi immischiando in chissà quale faccenda privata.

La voce apparteneva a una ragazza. Doveva essere entrata negli ultimi istanti. Era una ragazzina, per meglio dire, diciott'anni al massimo, un berretto di lana calato fin sulle orecchie e due occhi che mi studiavano dubbiosi.

– Sei tu quello dell'articolo?

– Sí. Sono io –. Posai la tazza vuota, ancora fumante. Restai a guardarla, notando quel che era impossibile non notare: sotto il suo giubbotto, il ventre vistosamente ingrossato.

– Che stai guardando? – mi ripeté con tono di sfida.

– Seguimi, – aggiunse prima di girarsi e uscire all'aperto.

La seguii. Insomma, mi chiedevo chi fosse questa ragazzina. Iniziò tutto cosí, quel mattino, io ancora intirizzito per gli spifferi, il sapore del caffè nella mia gola. Fuori, l'aria fredda mi pizzicò le guance e il sole mi fece stringere gli occhi. Per quanto potevo giudicare, la sua gravidanza sembrava parecchio avanzata.

∞

Si chiamava Giulia e non aveva diciotto anni, ne aveva giusto sedici. Era la nipote di Fernanda e viveva con la nonna in una delle abitazioni accanto all'agriturismo. Era cresciuta nell'ambiente del maneggio e aveva un cavallo che manteneva facendo lavoretti nella scuderia, i pomeriggi dopo la scuola: accudire i box, distribuire il foraggio, far muovere gli altri cavalli, tutte cose che ora in verità il proprietario non le lasciava piú fare, per via della gravidanza. E poi c'era la musica... Furono queste alcune delle informazioni che appresi quel primo giorno, anche se all'inizio, dopo che l'ebbi seguita fuori dal bar, fu soprattutto lei a

44

fare domande. – Ti ho visto che canticchiavi, – disse conservando la sua aria di sfida.

– Dove?

– Nel bar, poco fa. Canticchiavi dietro alla musica. Ti piace Janis Joplin?

– Direi di sí.

– E le cantanti contemporanee... Ti piace Beth Orton?

– Mi piace.

– Cat Power?

– Perché no.

Lei sorrise e sembrò rilassarsi. – Vedo che capisci qualcosa di folk rock femminile.

Da questo, nei cinque minuti successivi si lanciò in un riassunto della propria storia musicale. Era un fiume in piena. A otto anni aveva imparato la chitarra da sua nonna, a dodici e mezzo aveva fondato un gruppo heavy metal con ragazzi della zona, a quattordici si era interessata al punk, quindi aveva inciso un pezzo passato su Radio Friuli Settentrionale, aveva cantato per un produttore diciassettenne di musica dance, il tutto ovviamente prima della svolta folk rock, avvenuta da pochi mesi. La musica e il cavallo, non erano due cose per cui valeva la pena vivere? Per il momento non accennò a come si fosse ritrovata con un pancione.

Mi portò a vedere il cavallo, un baio che mi guardò con occhi liquidi, impassibili, dondolando enigmaticamente la testa. Realizzai che iniziava a fare tardi e dissi a Giulia che dovevo partire per il mio primo sopralluogo a Udine.

– Dunque vai a vedere come girano le cose sotto la clinica, – rimuginò accompagnandomi alla giardinetta incrostata di brina. Nonostante il pancione marciava con passo deciso. – Sei sicuro che questo iceberg con le ruote cammini?

– Lo spero.

Giulia si soffiò sulle mani, le strinse a pugno per trattenere il calore. Aveva gli occhi verdi di Fernanda e qualcosa della sua aria eccentrica, con il giubbotto di fustagno, i pantaloni di una tuta infilati in vecchissimi anfibi usciti da chissà dove. Senza preavviso sbottò: – Devo ammettere che vorrei averlo avuto io, un padre capace di lottare cosí per me.

– Eh?

– Il padre di quella in coma. Ha fatto un sacco di casino per far rispettare la volontà di sua figlia.

Distolse lo sguardo e lanciò un'occhiata impaziente all'orizzonte. In lontananza, alberi ghiacciati sembravano fatti di vetro, e dei capannoni industriali si alzavano, svuotati dalla crisi, come miraggi nel vuoto della pianura.

Quanto alla macchina, si avviò dopo alcuni tentativi. Lasciai il motore a scaldare e parlammo un altro poco. Continuavo a essere curioso.

Venne fuori che non aveva mai avuto un padre. In compenso aveva una madre, certo, la figlia di Fernanda, ma questa madre era molto frustrata dalla storia della gravidanza. – L'ho fatta andare fuori di testa, – disse Giulia stringendosi il ventre, con una specie di orgoglio sfrontato. Venne fuori inoltre che sua madre era una gran devota, iscritta persino a un gruppo di Militia Christi. Non erano mai andate d'accordo. Giulia le aveva nascosto la gravidanza fino a tre mesi prima e ora la madre rifiutava di parlarle.

– E tua madre adesso dov'è?

– L'hai già vista, – rispose. Fece un cenno verso il bar e davanti al mio stupore ridacchiò, una risata da bambina triste, mi sembrò, nel silenzio freddo della campagna. – Non avevi capito? Mia madre è quella tipa con la giacca a vento verde e la maglietta con cuore e croce. La manifestante che hai visto prima in televisione.

∞

Avevo scaricato una piantina della città, andai dritto verso la clinica La Quiete. Parcheggiai a qualche centinaio di metri e avvicinandomi vidi la gente, i camioncini delle televisioni. Era proprio come nei tigí. La facciata anonima della clinica e sulla strada i manifestanti di gruppi conservatori e religiosi.

C'era anche un gruppo di fazione opposta, in verità, attivisti per i diritti civili, e una squadra di poliziotti teneva separate le due fazioni.

Gli integralisti facevano molto piú strepito. «Svegliati, svegliati», gridavano verso le finestre della clinica. Intonavano cori e preghiere. Protestavano contro la volontà del padre della donna in coma di lasciarla spirare: secondo loro sarebbe stato un assassinio. Ne intervistai alcuni, conservo le loro voci nel registratore che usai quel giorno. Mi dissero che là dentro si voleva far morire di fame e di sete una povera donna. Obiettai che a quanto sapevo era stato questo il desiderio originale della donna, e poi era prevista ogni precauzione contro l'eventualità di farla soffrire, compreso un sedativo. Risposero che morire è sempre doloroso. Soprattutto quando vieni assassinato.

Nel frattempo mi guardavo inevitabilmente intorno. Cercavo di individuare la madre di Giulia.

L'immagine vista sullo schermo era stata veloce, ricordavo comunque la giacca a vento, il gesto ostile e insieme intimo con cui aveva rivelato, sotto, lo stemma rosso sangue. A sentire Giulia, protestare fuori dalla clinica con un gruppo di cattolici integralisti era un modo di sfogare la frustrazione per la gravidanza della figlia.

Pensavo a Giulia, al suo bambino, alle cose che mi aveva raccontato. Alla fiducia che mi aveva accordato raccontandomi quelle cose. Conoscevo appena una ragazzina e mi sentivo colpito dalla sua fiducia: in proporzione, cosa doveva sentire un padre? Intorno continuavano i cori. «Svegliati, svegliati». E pensavo a lui, là dentro, che da diciassette anni tentava di mantenere una promessa fatta alla figlia, la cui vita e la cui morte, qui sotto, erano oggetto di un tifo di strada. Gironzolai un altro poco. Raccolsi ulteriori interviste, senza vedere la madre di Giulia, e poi me ne tornai all'agriturismo e mi chiusi nella stanza a lavorare su un altro pezzo dell'articolo.

∞

Sarà il padre a raccontare che una volta, all'incirca un anno prima dell'incidente che l'avrebbe ridotta in coma, sua figlia era andata a trovare un amico.

L'amico era rimasto vittima di un incidente in macchina. E lei era andata a trovarlo, ignara, senza sapere che un anno piú tardi sarebbe finita proprio nello stesso ospedale, nello stesso reparto di rianimazione.

Sembra uno scherzo di crudeltà impossibile. Strano come a volte attraversiamo i luoghi senza sospettare che ci stanno aspettando: non ora, ma presto.

Durante quella visita, era rimasta turbata a vedere l'amico attaccato ai tubi, senza possibilità di tornare quello di prima. Per questo aveva chiesto ai propri genitori una promessa. Aveva fatto promettere loro che, le fosse mai successa una cosa simile, non l'avrebbero lasciata bloccata in quello stato, in coma su un letto. Fin da bambina aveva avuto un carattere tosto. Aveva un'idea chiara di cosa fosse la vita, o perlomeno la sua vita: la sua vita era una condizione libera, del tutto indipendente.

Il padre racconterà piú volte che lei la pensava cosí, racconterà chi era quella giovane donna e perché non era giusto tenerla prigioniera su un letto. Racconterà la storia di sua figlia tante volte. La racconterà fino a sfinirsi.

Era venuta la notte ghiacciata, il lago che rumoreggiava come un animale preoccupato, la macchina che compiva il testacoda sull'asfalto.

Adesso era lei a giacere nelle stesse condizioni. La figlia libera e indipendente, la giovane donna dal sorriso luminoso. Era loro figlia, stesa su un letto e senza traccia di coscienza, gli occhi semiaperti, la bocca semiaperta, un sondino nasogastrico costantemente dentro di lei. Era loro figlia e non c'era modo di farla tornare indietro. Quando iniziarono a chiedere ai medici di sospendere l'alimentazione e l'idratazione forzata, vennero guardati come pazzi criminali.

∞

La seconda notte, gli spifferi furono ancora piú micidiali. La bora soffiava sulla pianura, raggiungeva l'agriturismo e si infilava nella mia stanza e veniva a toccarmi, con le dita gelide, fin sotto le coperte.

Fui svegliato dai nitriti dei cavalli che sembravano darsi il buongiorno, a gran voce, proprio sotto la mia finestra. Erano le sette e il giorno era già nell'aria, un vapore elettrico che condensava lento, inarrestabile. Scesi a bere il mio caffè. Del televisore si sentiva anche l'audio, oggi, e persino a quell'ora un paio di polemisti si urlavano dei gran discorsi sui confini tra vita e morte. Quando la conduttrice annunciò un collegamento con la clinica di Udine, vidi Fernanda scuotere la testa. Prese un canovaccio e si mise ad asciugare delle tazze. Anche se non perdeva la sua aria tranquilla, sospettai che non le piacesse troppo la possibilità di intravedere sua figlia, la madre di Giulia, ogni volta che in tivú c'era un collegamento con Udine.

Dopo il caffè mi avviai verso la giardinetta. Dovevo tornarci pure io, a Udine.

Purtroppo, il motore non aveva gradito le notti al gelo del Friuli. Tossí senza accendersi e infine smise di dare reazioni. Pardo, uno dei groom del maneggio, venne a darmi una mano: alzammo il cofano, trafficammo un poco, e il nostro unico risultato fu di sporcarci i vestiti di grasso. Pardo telefonò a un meccanico che promise di fare un salto, però non prima di sera, forse la mattina dopo.

Insomma, ero bloccato. La campagna ghiacciata, il sole che cresceva come una scossa luminosa.

Un paio di clienti del maneggio se ne andavano cavalcando sul sentiero in direzione delle montagne. Più indietro, qualcun altro passeggiava conducendo a piedi il cavallo. Era Giulia. Riuscivo a distinguere le nuvole dei fiati, il suo e quello del cavallo, alzarsi e disperdersi come segnali di fumo.

Le andai incontro. – Niente Udine stamattina? – mi chiese appena la raggiunsi.

– Temo di no, – dissi frustrato, mostrando le mani unte e i jeans sporchi di grasso nero.

– Non si sarà mica offesa, la tua macchina, quando l'ho chiamata *iceberg con le ruote*?

Portava il berretto di lana e l'aria le aveva arrossato gli zigomi, facendola sembrare persino più giovane. – Sbaglio o anche tu dovresti essere altrove? – mi venne in mente. – Pensavo che di mattina andassi a scuola.

– Denzel aveva bisogno di fare due passi, – rispose accennando al cavallo.

– E per questo non sei andata a scuola? – chiesi con tono di rimprovero.

– No, papino... – mi prese in giro. – Non vado a scuola perché il dottore mi ha ordinato di non andarci. Il travaglio potrebbe iniziare da un momento all'altro. Anzi, in effetti, sono già in ritardo di oltre una settimana.

– Ah –. Il disappunto per il guasto della macchina sfumò davanti a questa notizia.

Non avevo capito che la gravidanza fosse *così* avanzata. In ritardo di oltre una settimana. Sapevo poco di gravidanze, speravo non si trattasse di una cosa grave.

Ci fu un attimo sospeso. Noi due fermi, nell'inverno, un grande limbo di luce fredda.

Poi un suono e un odore inconfondibili. Denzel aveva scoreggiato e ora ci guardava, agitando la coda, con aria innocente.

Scoppiammo a ridere. Credo sia stata quella risata, l'inizio definitivo della nostra amicizia. Se qualcuno ci avesse fotografati, sarebbe stata un'istantanea perfetta:

l'abbaglio del sole sulla pianura, la bolla di luce sfocata, le montagne innevate sullo sfondo, la faccia di Giulia con gli zigomi arrossati e il muso di Denzel che ci guardava, quasi un poco offeso, mentre noi ridevamo. Passammo il resto della mattina insieme. Volevo approfittare della sosta forzata per raccogliere le impressioni della gente del posto sul caso della donna in coma, e Giulia mi condusse per il maneggio presentandomi varie persone.

∞

Compresi meglio la situazione di Giulia quel pomeriggio, quando incontrai il dottore che usciva da casa di lei. Come scoprii, già da giorni il dottore arrivava ogni pomeriggio, sul suo pick-up verde sporco di fango, a controllare le condizioni della quasi-madre. Si potevano aspettare ancora due o tre giorni, mi disse. Poi si doveva convincere il bambino a uscire con le buone o con le cattive, magari con una robusta iniezione di ossitocina.

Mi invitò a passeggiare con lui. La ghiaia schioccò sotto i nostri passi fino a quando trovammo la terra battuta del sentiero.

Indossava una giacca di velluto a coste da cui estrasse, con un sorriso cameratesco, una fiaschetta. Bevve un sorso e me la passò. Fu lui a raccontarmi che la madre di Giulia l'aveva avuta quand'era minorenne e non sposata, proprio come stava accadendo ora a sua figlia. La storia si ripeteva. Doveva essere per questo che era così arrabbiata con Giulia.

– A nessuno piace vedere ripetere i propri errori, – riflettei soffocando un colpo di tosse, la voce rauca per la grappa bruciante. – Certo mi sembra una donna molto rigida. Quanti gradi fa questa roba?

– Quarantacinque, – rispose con noncuranza. – So che Giulia considera sua madre una fanatica. Anche Fernanda la pensa così. E il polverone di questi giorni su quella poveretta in coma non sta aiutando.

Restammo a rimuginare e a passarci la fiaschetta. Laggiú, l'orizzonte bruciava in un tramonto gelido, scarlatto, prima di scurire in un violaceo che sembrò, per un attimo, il colore di un'ecchimosi dolorosa. – D'altra parte, – ricominciò lui, – personalmente non saprei se la madre di Giulia abbia idee sbagliate o meno. Voglio dire, non so se lei e quegli altri tizi, tutta la gente che sta dando dell'assassino al padre di quella poveretta, non so se stiano sbagliando o meno. Non lo so proprio, intendo. Come dottore su questa storia sono combattuto.

– Però su una cosa sarà d'accordo con me, – risposi. – La madre di Giulia dovrebbe essere qui in questi giorni. Dovrebbe essere qui con sua figlia.

– Senza dubbio, – concordò il dottore. Un poco sbronzi, tornammo in direzione del bar.

Da fuori, si vedevano le luci basse e si sentiva musica. Considerato lo stile del posto, pensai a una festa country o qualcosa del genere. All'interno, l'aria umida e calda. C'erano Pardo e gli altri del maneggio, quasi tutti con un bicchiere in mano, impegnati ad ascoltare. Non c'era alcuna festa country, c'era un piccolo concerto improvvisato: in un angolo, su uno sgabello, a suo agio con la chitarra nonostante il pancione, Giulia cantava a occhi chiusi.

La sua voce mi vibrò nello stomaco, mi attraversò il petto e andò a perdersi in qualche luogo lontano, indefinito. Eseguí una manciata di cover, Janis Joplin ma anche cantanti maschi, Neil Young, Jeff Buckley, usando la chitarra acustica per i giri piú accesi e imbracciando a tratti quella elettrica, collegata a un ampli portatile, per ricavarne malinconici echi. Poi attaccò una sorta di ninnananna scritta da lei, delicata, rabbiosa, con la voce che cresceva fin quasi a spezzarsi e si affievoliva in un sussurro e noi tutti in piedi, i brividi sulle braccia. Per una volta la tivú era spenta. La notte fredda là fuori. Mi resi conto che nella mia testa ormai stavano accanto, in qualche modo, erano estremi di una stessa storia, una donna cui non era permesso andarsene e un bambino che non riusciva a nascere, a entrare in questo mondo chiuso e di pietra.

∞

Per il padre, furono anni di solitudine sterminata. All'inizio, chi avrebbe immaginato che la battaglia sarebbe stata cosí atroce, assurda e senza fine? Staccare il sondino che teneva sua figlia in un limbo artificiale, ecco cosa chiedeva. Il sondino che le riversava in gola uno spruzzo chimico di carboidrati e nutrienti e farmaci.

I medici rispondevano che non era possibile. Era un paese con una legge, questo, con una morale e una religione. Non si poteva mica lasciar andare un essere umano cosí, anche se stava su un letto da anni, anche se le sue funzioni vitali continuavano per inerzia grazie solo alla nutrizione forzata.

Iniziò la battaglia giudiziaria. Una serie di spossanti scontri legali, sentenze, ricorsi, tribunali e altri tribunali.

Nel frattempo la madre della donna in coma si ammalò. Un tumore la rese sempre piú debole, costringendola a seguire la battaglia da lontano.

Gli avvocati. La burocrazia. L'eco fredda dei passi nelle sale dei tribunali.

Le stagioni si specchiavano sul lago, le amiche e gli amici della figlia crescevano e vivevano e si sposavano mentre lei aspettava con un sondino in gola.

Giaceva in una clinica di Lecco gestita da religiose, le suore si indaffaravano attorno al corpo addormentato e lanciavano al padre occhiate severe.

Possibile che nessuno capisse? Certi giorni lui avrebbe voluto uscire e scuotere una a una le persone per strada, far capire che sua figlia era là dentro prigioniera.

Scriveva articoli, partecipava a convegni di bioetica. Non si arrendeva. Fino a quando un gruppetto di medici, giuristi, attivisti, persino qualche giornalista, iniziò a interessarsi al caso. All'inizio del 2007, quindici anni dopo l'incidente, alcuni simpatizzanti per la causa del padre lasciarono delle rose fuori dalla clinica: un mazzo di rose, uno squarcio nella tenda della solitudine.

∞

Il mattino, il meccanico continuò a non farsi vedere e io feci compagnia a Giulia. Era nervosa, credo. Non aveva molto altro da fare che aspettare. Si era scocciata di tutti quelli che la incontravano e le toccavano la pancia e le chiedevano se il bambino scalciava e le tipiche domande, per cui restammo rintanati in casa, nel soggiorno di Fernanda.

– Di cos'avete parlato ieri sera tu e il dottore, prima di venire a sentirmi? – mi domandò.

– Cose da uomini.

– Quando alla fine sei venuto a salutarmi, puzzavi di grappa.

– Cose da uomini, – continuai a scherzare.

– Okay, – disse. – Sarebbe abbastanza da uomini leggermi qualcosa? Il tempo non mi passa piú, – si lamentò sfiorandosi la pancia.

Sullo scaffale contro il muro c'era una collezione niente male.

Ci eravamo conosciuti parlando di musica, a quanto pareva avevamo in comune anche un po' di letteratura. C'erano edizioni stropicciate di Jack London, di Joseph Conrad, di Robert Louis Stevenson. – Sono tuoi questi libri?

– No, erano di mia madre. Di quando era piccola, piú piccola di me, – disse seccamente. – Leggimi qualcosa.

Senza commentare, recuperai una vecchia copia di Verne. Il *Viaggio al centro della Terra*. Lessi a voce alta il resoconto di quel che facevano là sotto il professor Lidenbrock, suo nipote Axel e il silenzioso islandese Hans, con i funghi giganti e i mari sotterranei e tutto il resto. Mi sembrava roba giusta per lasciar vagare la mente. A modo suo, era psichedelica quanto i maglioni di Fernanda.

Giulia ascoltò fissando verso la finestra, tesa, il solito berretto ben calato in testa, infine si rilassò e chiuse gli occhi, addormentandosi sulla poltrona. La mano sul ventre, il respiro impercettibile.

Smisi di leggere e restai a guardarla quasi aspettando che il suo corpo cambiasse forma, da un momento all'altro, sotto i miei occhi. La piccola Giulia. Era troppo orgogliosa per chiedermi se quand'ero stato a Udine avevo visto sua madre, ma immaginavo che se lo chiedesse. Mi avvicinai. Le sfiorai la pancia, lievissimo: se avesse saputo che avevo fatto una cosa tanto sentimentale, si sarebbe infuriata un sacco.

Quando uscii, finalmente il meccanico era lí e trafficava con il motore. Aveva già finito, in verità. Riabbassò il cofano e domandò cento euro per la riparazione.

Dieci minuti piú tardi, ero sulla strada per Udine. Dovevo continuare a lavorare per l'articolo, anche se avrei preferito stare con Giulia, con il suo bambino, con la sua fragile durezza, con i libri lasciati da una madre che adesso rifiutava di incontrarla, e che Giulia vedeva soltanto per caso, a volte, quando veniva inquadrata nei collegamenti di qualche tigí.

∞

In seguito, dopo un altro anno e mezzo, dopo oltre sedici anni di attesa, ci fu la storica sentenza.

La Corte d'Appello aveva accolto la richiesta. Il sondino poteva essere staccato. I giornali assediarono il padre e l'intero paese scoprí la storia di questa donna. Sembrava una vittoria. Sembrava la fine dell'odissea, invece era l'ennesimo inizio, perché adesso bisognava trovare un'altra clinica, un posto disponibile a ospitare l'addio, a sfidare il clamore e le ire dei politici, dei cardinali.

55

Era previsto che un'équipe di medici e infermieri volontari sospendesse la nutrizione forzata gradualmente, assistendo la donna nei suoi ultimi giorni. Ma dove? Le cliniche della Lombardia si rifiutarono. Alcune cliniche fuori dalla Lombardia si dissero disponibili, poi si ritirarono.

Il maggiore giornale cattolico italiano accusava il padre di programmare un'esecuzione, le alte sfere della Chiesa tuonavano ogni giorno.

Lei nel frattempo aspettava su quel letto, bloccata, chissà: magari davvero era ancora là, magari davvero era rimasta in quella macchina, a girare, girare in eterno sull'asfalto ghiacciato, chiedendosi con stupore quando sarebbe finita. Erano ormai diciassette anni dall'incidente. Diciassette insostenibili anni.

Solo nel febbraio del 2009 saltò fuori una clinica abbastanza coraggiosa. La clinica di Udine.

Il giorno della partenza da Lecco per Udine, le suore erano presenti al completo, una corte nera e con gli occhi lucidi, pieni di condanna. Fuori, sotto le finestre, qualcuno aveva messo pacchetti di cracker e bottiglie d'acqua in segno di protesta contro l'annunciato distacco del sondino. Un gruppo di manifestanti tentò di bloccare l'ambulanza. Dietro veniva il padre, in macchina, da solo, e un uomo si gettò sul cofano gridando: – Assassino!

Il padre aveva origini friulane, sperava che Udine lo avrebbe accolto come una casa. Sperava in un clima meno isterico.

La nuova clinica aveva un nome promettente, La Quiete, ma anche qui i cronisti assediavano l'entrata e le telecamere di mezzo mondo facevano ressa e i manifestanti si radunavano all'esterno. «Assassino, assassino», gridavano a tratti. Un giorno, si vide addirittura un tizio mascherato da Cristo che girava annunciando la fine del mondo.

Era un delirio collettivo. Il padre guardava dalla finestra e si chiedeva cosa ne sapesse quella gente di lui, di sua figlia e del loro amore. Cosa ne sapessero tutti quegli orchi in tivú, i giornalisti, i polemisti, cosa ne sapessero i cardinali che scagliavano condanne, ringhiando che sua figlia non doveva essere lasciata andare. Un ministro del governo mandò un'ispezione intimidatoria alla clinica di Udine: si cercava qualche cavillo per mettere sotto sequestro la stanza in cui lei era ospitata. Si cercava il modo di annullare il permesso del tribunale.

∞

Dopo due giorni di fila passati all'agriturismo, fu quasi una sorpresa ritrovarmi sulla statale che portava in città, tra i caseggiati e i parcheggi dei centri commerciali.

Sotto la clinica, la ressa era cresciuta. Il protocollo per interrompere la nutrizione artificiale era ufficialmente iniziato e l'atmosfera era tesa. I manifestanti anti-padre si aggiravano inquieti, agguerriti, esasperati, come aspettando lo scoppio di un catastrofico ordigno. Vidi persone in lacrime, altre che indicavano la finestra corrispondente, secondo loro, alla stanza della donna, altre che alzavano cartelli con scritto, in lettere a pennarello nero, QUINTO COMANDAMENTO: NON UCCIDERE.

Il cielo era di un bianco sporco e un riflesso metallico si posava sulle facce, sui palazzi, sull'asfalto.

Feci qualche intervista, gironzolai un poco. E poi finalmente successe. Riconobbi un lampo di verde. La giacca a vento che avevo visto in tivú.

Sí, doveva essere lei, questa volta era qui. Mi accorsi che ricambiava con aria sospettosa lo sguardo e allora mi presentai, dissi che ero un giornalista e chiesi se potevo farle qualche domanda. Non disse né sí né no.

La sua faccia era la mappa di un luogo familiare, la linea degli occhi, degli zigomi, della bocca. C'era Giulia in quella faccia, e anche Fernanda.

– Qualche domanda su cosa?

– Beh, su questo, – risposi con un gesto del braccio che

57

comprendeva la clinica, la gente sulla strada e forse noi stessi. – Sul motivo per cui è qui.

– Sono qui perché non è giusto uccidere qualcuno, – dichiarò. – È ingiusto decidere della vita. La vita non ci appartiene.

– Beh… – ripetei. – Magari è vero che la vita ci è data solo in prestito. Lo stesso, non ci tocca la responsabilità di decidere cosa farne?

– Non tocca a noi –. Conservo anche la sua voce sul registratore. Sotto il giaccone si intravedeva la maglietta, pronta per essere mostrata a eventuali telecamere, quella con il simbolo di Militia Christi. Una croce conficcata in un cuore come il manico di un pugnale.

– Toccherà a noi, perlomeno, decidere cosa fare del nostro amore per le persone.

– Lasciar morire una figlia non significa amarla.

– E abbandonarne una, allora?

– Non capisco.

– Perché siamo qui? – incalzai. – Non dovremmo essere tutti a casa con i nostri cari?

– Di che rivista ha detto che è? – chiese diffidente.

L'aria aveva quella luce metallica, elettrica, di una sfumatura quasi ultraterrena. – Senti, – dissi passando al tu, visto che all'incirca dovevamo essere coetanei. – Lo so che per una con le tue idee non è facile, con una madre vecchia hippy, e una figlia musicista con un carattere cosí tosto.

– Cosa… – disse con un fremito, stringendo gli occhi.

– Però adesso ci sono dei problemi, – tirai dritto. – Con la gravidanza, intendo. Anziché stare qua, non dovresti fare un salto all'agriturismo? Per farle capire che sei ancora sua madre. Per dirle che tutto andrà bene.

Spiegai perché conoscevo Giulia, con impeto, mentre gli occhi di lei si stringevano, due lame sempre piú gelide. Eppure le stavo parlando di sua figlia. Avevo visto i suoi libri d'infanzia, ero convinto di trovare in lei qualche breccia.

Il mio sfogo non portò a nulla. Disse che non voleva saperne e mi chiese di togliermi di torno.

Tornando verso l'agriturismo, sulla mia macchina puzzolente di birra, una foschia mi venne incontro a banchi intermittenti. Avrei dovuto andarmene prima, quando lei aveva detto quella cosa. *Non tocca a noi decidere della vita.* Non toccava neppure a me riunire affetti spezzati, a quanto pareva. Mi morsi il labbro, avevo peggiorato le cose. Le avevo proprio peggiorate.

∞

Sí, il protocollo era iniziato. La sospensione completa di alimentazione e idratazione artificiali sarebbe avvenuta in tre giorni. Tutto era studiato per essere meno traumatico possibile. Una delle infermiere spiegò la scelta di partecipare all'équipe di volontari: «Devo fare il mio lavoro di infermiera. Non posso girarmi dall'altra parte».

Da tutto il mondo, gente inaspettata mandava segnali di solidarietà al padre. Persino il Dalai Lama.

In compenso, altrettanta gente andava avanti con le invettive. Per sfuggire al frastuono, il padre smise di guardare i giornali e ascoltare la tivú.

Fuori era un febbraio senza piú sole, sospeso, un cielo che assisteva con un colore impossibile, né grigio né azzurro, quasi sul punto di strapparsi. Tutti attendevano un colpo di scena. Lui si svegliava al centro della notte chiedendosi con angoscia cos'avessero in mente di fare, a questo punto, coloro che volevano tenere intrappolata sua figlia.

Ogni tanto le prendeva una mano. Pensava all'ultima volta che l'aveva sentita al telefono prima dell'incidente.

Pensava alle cose che le piaceva dire, alle cose che le piaceva fare, alla meraviglia e alla fortuna di averla conosciuta. Alla promessa che c'era tra loro.

Molti gli consigliavano di rendere pubbliche le foto attuali di sua figlia, quelle che lui per pudore non aveva mai diffuso. Finora i giornali avevano avuto solo immagini risalenti a prima dell'incidente. Se tutti l'avessero vista adesso, dopo diciassette anni di coma su un letto, si sarebbero resi conto che la morte era la cosa piú umana. La pressione si sarebbe un poco allentata. Ma l'idea dell'immagine di sua figlia in tivú, la gente che guardava all'ora di cena, con pietà o morbosità... No, non avrebbe diffuso alcuna foto.

E infine arrivò il colpo di scena. Si trattava di una notizia da Roma.

Il Capo del Governo in persona si era schierato con i cardinali. Un apposito decreto legge fu preparato in fretta, un decreto che annullava la sentenza del tribunale. In questo modo il protocollo in corso a Udine avrebbe dovuto essere interrotto e la nutrizione forzata ricominciare. Il padre era attonito. Come si era arrivati a questo punto? Mancava solo la firma del Presidente della Repubblica e il decreto sarebbe stato effettivo.

∞

Il giorno in cui sulla stampa comparve la notizia della mossa del governo fu anche il mio ultimo giorno all'agriturismo. Portammo Denzel a fare un giro per i campi, con Giulia che lo conduceva a mano e il cavallo che ci seguiva, lento, guardando la padroncina con occhi devoti.

Avevo raccolto abbastanza appunti e il pezzo era quasi scritto e non mi andava di tornare sotto la clinica. Mi andava piuttosto di stare con Giulia. – Non posso credere che domani te ne vai, – disse lei.

– Neppure io posso crederci –. Ero stato chiamato per un altro servizio e non potevo permettermi di rifiutare un lavoro. La nebbia copriva il paesaggio e i nostri passi sul terreno umido producevano un rumore molliccio. Per sfogare la malinconia non trovai di meglio che fare una carezza a Denzel, il cavallo scoreggione, il quale reagí guardandomi storto.

Fu durante quella passeggiata che Giulia si decise a raccontare com'era successo.

Insomma, un festival all'aperto vicino al confine con la Slovenia, lei sul palco a suonare per mezz'ora, e poi giú dal palco questo ragazzetto punk, con una piccola cresta di capelli biondi, era venuto a farle i complimenti e a sorriderle con gli occhi celesti. Era un sabato di maggio. La sera si campeggiava dietro il palco e loro due avevano diviso il sacco a pelo. – Niente preservativo, metodo della marcia indietro, che però evidentemente non ha funzionato granché.

Dopo quella notte, il ragazzetto della marcia indietro non si era mai piú visto né sentito.

Tre settimane per realizzare di essere incinta e qualcuna di troppo per decidere cosa fare.

Dirlo a sua madre, non dirlo, come dirlo? Anche se Giulia viveva con sua nonna, serviva la firma della madre per un'eventuale interruzione di gravidanza, oppure rivolgersi a un giudice tutelare. Il tempo era scivolato via e alla fine non c'era piú stata altra scelta che accettarlo, questo piccolo alieno che le colonizzava la pancia. – È stato tutto pieno di incertezza, cosí sfilacciato e banale. La ragazzina che passa il primo weekend fuori casa e torna incinta. Detesto fare cose banali.

Prese fiato e continuò: – Ai sei mesi ho dovuto dirglielo. Sei rimasta incinta solo per farmi un dispetto, è stato il suo commento. L'ultimo giorno che ci siamo incontrate. Ero cosí infuriata che ho vomitato.

Evitai di riferire che il giorno prima l'avevo vista, sua madre, e che temevo di aver peggiorato le cose. Distolsi lo sguardo.

Rimanemmo entrambi a fissare in avanti, verso gli alberi avvolti dal bianco perlaceo della nebbia, fino a quando Giulia sussurrò, quasi una preghiera, come se in quella nebbia si nascondesse una creatura di fiaba, un drago buono che accoglieva i desideri: – Voglio solo che il mio bambino nasca.

– Certo che nasce.

– Mi chiedo perché non si decide.

– Ti ripagherà di questa attesa. Di tutta questa incertezza.

Lei sembrò credermi e fece un sorriso sperduto. – Voglio solo che nasca.

∞

Era una corsa contro il tempo. Tutta la nazione con il fiato sospeso. Il Presidente in carica rifiutò di firmare il decreto del governo, ma il governo non si arrese e mise al lavoro il parlamento per approvare in tempo record una legge vera e propria, una legge che vietasse i protocolli come quello in corso alla clinica La Quiete.

Nella stanza, lei era pronta. La nutrizione forzata era interrotta del tutto. I medici ipotizzavano che avrebbe impiegato alcuni giorni ad andarsene... Forse una settimana. Eppure da un momento all'altro la legge poteva essere approvata e i medici sarebbero stati obbligati a riattaccare il sondino.

Una corsa contro il tempo. Scappa, scappa prima che puoi, prima che riescano a trattenerti altri anni.

L'ultima coda d'inverno premeva alla finestra. Dopo diciassette anni, non era intollerabile essere ancora qui? La violenza di tutto questo. Il coro infernale dei media e la nazione che assisteva stordita, sonnambula, famelica soltanto di news televisive, di news e altre news, come drogata di un irresistibile intruglio magico.

∞

Passeggiammo anche nel pomeriggio, perché lei aveva addosso un'energia inquieta, una furia che non le permetteva di stare in casa. Aveva mal di schiena, le scappava di continuo di andare in bagno, eppure aveva bisogno di muoversi. – Mi manca l'aria –. Verso il tramonto la nebbia si diradò, spazzata dal ritorno della bora, e tornarono a vedersi le montagne. – Vorrei sellare Denzel e partire...

– Appena sarai senza pancione, puoi ricominciare a cavalcare.

– Intendo, vorrei partire sul serio.

– E dove vorresti andare?

– Salire in groppa e viaggiare verso le montagne. Con il mio bambino, con le mie chitarre. Guadagnare qualcosa cantando nei borghi e nei rifugi. Saremmo liberi, senza fermarci, senza mai permettere al mondo di intrappolarci.

– Giulia...

– Magari lo farò sul serio, – disse. – Un'estate. Io e il mio bambino.

– Hai sentito? – provai a scherzare rivolto al pancione. – Ti aspetta una vita avventurosa.

La sera stava prendendo possesso del cielo e Venere si alzava all'orizzonte, sfolgorante come una luce di soccorso. Il nostro ultimo pomeriggio insieme. Camminammo verso il borgo. La durezza dell'aria fredda nei nostri polmoni. Niente concerti stasera, dovevano essersene andati tutti, soltanto una finestrella accesa, corrispondente alla cucina di Fernanda. Probabile che ci stesse preparando qualcosa per cena. Presi la mano di Giulia e camminammo così, senza sapere cos'altro dire, io, una ragazzina, il bambino nella sua pancia, il cielo freddo e stellato, la magia crudele dell'inverno, i nostri passi sulla terra buia.

∞

E poi, nel mezzo del delirio, nel mezzo delle news, dei collegamenti speciali, dei talk show, delle proteste, la donna morí. Era sera quando il suo respiro rallentò. Fu all'improvviso, prima del previsto.

Ce l'aveva fatta, era fuggita in tempo, giusto prima che il governo e la legge la bloccassero.

Un drappo di incredulità scese sul paese. I giornali uscirono con prime pagine sensazionali, e una rissa rabbiosa si scatenò al senato, dove ormai la legge non serviva piú. I senatori delusi urlarono insulti fino a quando la seduta fu sospesa.

Per il padre scese il silenzio. Era momentaneamente a Lecco quando il medico che guidava la squadra di volontari l'aveva chiamato. – Se n'è andata.

Ora avrebbe voluto stare solo. Anche se gli toccava girare sotto scorta, dopo tutte le lettere di insulti e di minacce che gli erano arrivate. Per un pezzo del paese lui era l'assassino, era il padre-mostro.

Tornò a Udine. Nella sala fredda di un obitorio guardò sua figlia per l'ultima volta. In quella faccia riconosceva ancora la sua bambina. Riconosceva sua moglie e anche se stesso. Per anni aveva gridato nel deserto, bussato a mille porte, affrontato un distruttivo percorso a ostacoli. Sapeva di essere invecchiato. Restava il rito in forma privata di un funerale, il suono mesto delle campane. – Addio, stellina mia –. E finalmente quell'uomo pianse.

∞

Era piena notte quando Fernanda mi svegliò. Sentii la mano sulla spalla e aprendo gli occhi vidi la sua faccia, appena un poco preoccupata, nella luce della lampada. Capii subito. La mia valigia stava ai piedi del letto ma per il momento non era la mia partenza la cosa di cui preoccuparmi.

Giulia ci aspettava, era già nella giardinetta. – Si può sapere cos'è 'sta puzza di birra? – si lamentò appena la raggiungemmo, la faccia contratta per il dolore delle contrazioni.

Fernanda iniziò ad agitarle davanti il cappello da cowboy per farla respirare.

– Shhh, – feci. Era un momento delicato. Girai la chiave e il motore tossicchiò nel silenzio siderale: una, due, tre volte.

Scesi, mi posizionai davanti alla macchina e guardai il muso seriamente. Ero lucidissimo, mai stato cosí lucido nella mia vita. – Non fare scherzi. Adesso ti accendi, – dissi. – Adesso ti accendi –. Risalii al posto di guida. Girai la chiave. Si accese.

Ricordo gli alberi ai bordi della strada, risplendere sotto i fari, bellissimi e ghiacciati come gli invitati in bianco a una cerimonia.

Ricordo il respiro di Giulia che riempiva la macchina, i suoi lamenti per via delle contrazioni. – Dovevamo immaginarlo che stava arrivando, – disse Fernanda con dolcezza. – Avevi una strana energia addosso.

La strada deserta e noi che andavamo in direzione dell'ospedale. La radio si era accesa con il motore e un notiziario notturno diede l'annuncio che la donna in coma se n'era andata. Era evasa dalla sua prigione. Restammo in silenzio e sentii che Giulia stava piangendo e iniziammo a cantare Janis Joplin, tutti insieme, con il respiro rotto. *Nothing's going to harm you now, no, no, no.*

Una mezza luna ci sorvegliava dall'alto. Poi ci furono le luci dell'ospedale, l'aria rovente oltre le porte scorrevoli del reparto maternità. Un'infermiera ci accolse e guidò Giulia oltre un'altra porta. Fernanda sparí con loro e non mi rimase che un divano nella sala d'aspetto.

Tre e mezzo del mattino. Il silenzio era solenne e la notte si posava sul mondo come il fazzoletto di un mago, pronto a svelare un prodigio nuovo e commovente. Andai alla macchina del caffè e l'odore del liquido nel bicchiere mi provocò un fremito. Io da solo accanto a una macchina del caffè e un bambino finalmente sul punto di nascere, di là, oltre la porta di una sala parto.

Non ero solo, in realtà. Quando tornai nella sala d'aspetto, la madre di Giulia sedeva sul divano. Doveva essere stata avvertita da Fernanda. Alzò gli occhi e corrugò la fronte, riconoscendomi, senza dire nulla. Non potevo dire che quella donna mi piacesse ma ero contento che fosse qui. Non era questo il suo posto? Doveva essere arrabbiata, suppongo, per com'era finita la storia della donna in coma. Doveva essere arrabbiata per questo bambino. Ma era qui nella sala d'aspetto, e io tornai alla macchina e presi del caffè anche per lei, nero, caldo.

## Un cavaliere bianco

Un giorno quest'uomo finirà sui telegiornali, scortato da poliziotti nascosti da passamontagna, e allora la gente vedrà un tizio di aspetto mediocre, con una barbetta dall'aria poco pulita e la cintura dei pantaloni che stringe sotto la pancia.

Lo chiamavano Scannacristiani ed era il boss di San Giuseppe Jato, un paese vicino a Corleone, nell'isola piú grande del nostro mare. E si poteva scommettere che quel soprannome, Scannacristiani, non fosse proprio casuale: in seguito, quest'uomo di aspetto mediocre, bruttino e con la pancia, avrebbe riconosciuto di avere commesso o commissionato, nel corso della sua carriera, un discreto numero di omicidi. Un numero tra i cento e i duecento.

Insomma, un sanguinario capo criminale. Che adesso, molto prima di venire arrestato, nel pieno del suo regime da malvivente, aveva un problema.

∞

Era il 1993 e un suo ex amico, un certo Mezzonaso, si era venduto alla polizia.

Il venduto stava facendo una serie di rivelazioni sulle attività dello Scannacristiani. Soprattutto, stava facendo rivelazioni a proposito di una strage alla cui realizzazione avevano preso parte entrambi, l'anno prima, quella in cui avevano ammazzato un famosissimo giudice con la moglie e gli uomini della scorta: la strage di Capaci. Quella che aveva sconvolto il paese. La strage che tutti ancora ricordiamo.

La polizia nascondeva Mezzonaso in qualche luogo lontano e lui parlava, parlava, della strage di Capaci, di altre faccende. Era davvero un problema.

Se solo avessero saputo dove si trovava, lo Scannacristiani e altri ex amici dell'isola lo avrebbero volentieri messo a tacere. Questi signori erano decisamente scocciati: secondo quanto riferirà più di un testimone, erano così scocciati da aver preso l'abitudine di riferirsi a lui, con la gentilezza che li distingueva, come a «quel pezzo di merda».

Lo Scannacristiani, il più furioso di tutti, sapeva che l'esempio del pezzo di merda rischiava di ispirare ulteriori pentiti. Bisognava fermarlo al più presto.

E pensare che un tempo erano stati amici. Addirittura, lo Scannacristiani era stato il padrino al battesimo del figlio di Mezzonaso.

Su tutta l'isola, l'estate sfumava come un debole incantesimo. Gli ultimi bagnanti solitari sulle spiagge e le pianure seccate dall'autunno nell'entroterra. Giacimenti di lava ribollenti nel sottosuolo. Fu indetta una grossa riunione a cui parteciparono lo Scannacristiani, altri capi dell'isola e persino lo Zio Franco, un eminente capo dei capi. Alla riunione furono tutti d'accordo sul fatto che bisognava agire contro Mezzonaso, bisognava convincerlo a ritrattare.

∞

Era un giorno di novembre, un martedí, un sole bianco posava la sua carezza sugli ulivi, sui campi di limoni, sugli aranceti odorosi. Un giorno di novembre. Il figlio di Mezzonaso aveva dodici anni e non vedeva il padre da tempo.

Andarono a prenderlo tre uomini vestiti da poliziotti, con un lampeggiante della polizia montato sulla macchina. Si presentarono al maneggio dove il ragazzino stava cavalcando. Amava i cavalli. Si presentarono e chiamarono il suo nome, non lo avevano neppure mai visto.

Il ragazzino vide tre poliziotti e si fece avanti. Gli dissero che erano qui per portarlo da suo padre.

Secondo quanto racconterà piú tardi uno di loro, un futuro pentito conosciuto come il Pelato, il ragazzino si fidò. Lo caricarono sulla macchina e gli dissero di nascondersi, di non farsi vedere da fuori, lo avrebbero condotto dal padre in un luogo segreto. E il ragazzino si nascose e la macchina sgommò via. – Sei contento che devi andare da papà?

– Ah, papà mio… – rispose il ragazzino ignaro, ingenuamente felice, sempre secondo il successivo racconto del Pelato.

Li seguiva una macchina d'appoggio, con altri due appartenenti al commando armati di pistole e Kalašnikov contro ogni imprevisto. Ma non ci furono imprevisti. Il sole che splendeva e il profumo degli agrumi. La Fiat sgommò via e nessuno li ostacolò, nessuno venne a salvare il ragazzino.

∞

«Il giorno in cui vidi il suo banco vuoto, qualcosa in me cambiò per sempre».

Anni dopo una compagna di scuola avrebbe scritto queste parole, le avrebbe scritte in un libro di un certo successo. Il libro, un romanzo autobiografico a fumetti che vincerà premi e commuoverà lettori, sarà un documento utile per ricordare la storia del ragazzino rapito. E in copertina avrà proprio questa immagine. Un banco vuoto. Silvia che rimane a fissare il posto del compagno, chiedendosi dove sia finito.

L'attenzione di Silvia non era casuale. Nel libro confesserà: «In classe lo sapevano tutti che ero invaghita di lui, per le volte che ero arrossita davanti a lui o per le volte che ero rimasta a mordermi il labbro dopo che mi aveva rivolto la parola». Succede cosí, hai dodici anni, vai alle medie, ci sono le tue amiche, c'è un compagno per il quale hai una timida predilezione. Poi, a un tratto, la stranezza del suo banco vuoto.

C'era il sole, un accecante sole di novembre, nell'aria i profumi dell'autunno tiepido, dalla costa l'aroma salino del mare.

Silvia ricorderà che Loredana, la sua migliore amica, venne a chiamarla per uscire in cortile. Era l'intervallo, Loredana sgranocchiava da un sacchetto di patatine e le chiedeva di uscire in cortile: sembrava tutto talmente normale. Perché allora si sentiva cosí tesa? «Nei giorni successivi il banco restò vuoto, iniziai a capire che non c'era nulla di normale», scriverà sempre anni dopo, in quel libro celebre e sofferto.

∞

A pochi chilometri di distanza, l'odissea del ragazzino era appena iniziata... Dopo averlo tenuto alcuni giorni in un casolare, il Pelato lo consegnò agli uomini di un'altra cosca, i quali a loro volta lo avrebbero trasferito agli uomini dello Scannacristiani.

Pochi giorni fa correva libero sopra un cavallo, nel sole di novembre, nell'entusiasmo della sua età. Adesso è un fagotto nel baule di una macchina, legato, imbavagliato, incappucciato, passato di mano in mano come una staffetta.

Quasi tutte le cosche dell'isola sarebbero state implicate nel rapimento. Decine e decine di persone, una somma che alla fine, tra mandanti, esecutori, carcerieri e complici vari sarà stimata in oltre un centinaio di persone.

Il Pelato dirà che quando consegnò il ragazzino ai nuovi carcerieri, raccomandò loro di trattarlo bene. Tutte le persone coinvolte diranno in seguito la stessa cosa, di averlo trattato bene, come no, di avere raccomandato agli altri di trattarlo bene.

La mafia stava trasgredendo una delle sue classiche regole, non toccare donne e bambini. Ma era sempre stata una regola di facciata. E d'altra parte, chi era questo ragazzino se non il figlio di uno schifoso pentito, il figlio del pezzo di merda?

In quel periodo era guerra aperta contro i pentiti, contro i giudici, contro lo stato. Guerra contro tutti. Chi se ne fregava delle romantiche regole. Adesso che aveva il figlio di Mezzonaso, lo Scannacristiani sentiva di poter trionfare.

∞

E quindi, era inevitabile, un giorno la notizia si diffuse a scuola. Un compagno che a Silvia non piaceva, un tipetto spaccone e per nulla simpatico, aveva sentito dei discorsi a casa. Ancora prima che ne parlassero i giornali, certi adulti sembravano sapere fin troppo bene cos'era successo.

– I rapitori sono andati a prenderlo al maneggio. Lo hanno preso per colpa di suo padre venduto, – riferí Daniele, il compagno spaccone. Fissò Silvia con aria quasi soddisfatta: – Mi sa che ti tocca fidanzarti con qualcun altro.

Silvia quel giorno tornò a casa tenendosi la pancia, incredula, in preda a un brutto crampo.

La sera, a tavola con i genitori, accennò a quello che aveva sentito a scuola. – È vero che lo hanno rapito?

Suo padre alzò il volume della tivú e le disse di continuare a mangiare. Questa fu tutta la risposta.

Dopo cena lei andò in camera a leggere fumetti, mentre dalla cucina il volume della tivú le impediva di sentire se i suoi genitori stessero parlando, se si dicessero qualcosa. Lesse e rilesse l'albo che teneva in mano. L'odore della carta stropicciata dalle sue dita, la brezza che sembrava bussare alla finestra.

All'ora di sempre si alzò e osservò la finestra di Loredana, che viveva dall'altra parte della strada. Le loro stanze erano di fronte. Mesi prima un cugino di Loredana, uno spilungone quattordicenne che collezionava bussole ed era fissato con le cose piú strambe, aveva insegnato loro a comunicare con un sistema di segnali luminosi. In pratica, i rudimenti di un codice morse. Silvia osservò la finestra dell'amica accendersi e spegnersi:

H-A-I--S-C-O-P-E-R-T-O--Q-U-A-L-C-O-S-A-?

Il cielo senza luna era di un nero straziante e il vento faceva sbattere un infisso da qualche parte.

Aveva dodici anni. Non sapeva ancora molto di ciò che stava per venire, della musica che lei e Loredana avrebbero ascoltato, dei vestiti che avrebbero messo. Le avventure gloriose e tristi dell'adolescenza. Soprattutto, sapeva cosí poco dell'abisso che stava per inghiottirla, del tormento che d'ora in poi l'avrebbe seguita dovunque e di tutte le domande che un giorno le avrebbero fatto i dottori, del sapore velenoso delle pillole che le avrebbero dato.

Sapeva solo questo, per il momento, che con tutta se stessa voleva vederlo tornare, e che il mattino dopo il banco non fosse vuoto. E invece di sicuro lo sarebbe stato. Con un batticuore doloroso lampeggiò la risposta:

L-O--H-A-N-N-O--R-A-P-I-T-O--D-A-V-V-E-R-O

∞

Ci voleva un posto dove tenere l'ostaggio. Un altro piccolo capo, ansioso di compiacere lo Scannacristiani, mise a disposizione una villa isolata tra gli uliveti dell'entroterra, a qualche decina di chilometri da Palermo.

Uno scagnozzo dello Scannacristiani ebbe l'incarico di allestire una cella all'interno della villa.

Questo scagnozzo era chiamato il Tedesco per la precisione con cui eseguiva ogni ordine, e fu con questa precisione che allestí una stanzetta blindata, provvista di una brandina, chiusa da una porta d'acciaio con spioncino.

72

Quando l'ostaggio arrivò, come sempre nel baule di una macchina, il Tedesco lo scortò dentro, la faccia coperta da un passamontagna.

Lo Scannacristiani rimase invece al riparo di un albero, nel timore di essere riconosciuto, chissà, da qualche dettaglio o dalla figura del corpo. L'idea di essere riconosciuto lo spaventava a morte. Gli aveva fatto da padrino, aveva giocato con lui quand'era piccolo. Rimase nascosto dietro il tronco di un albero, quest'uomo con la barba, con la cintura stretta sotto la pancia, questo gran capo sanguinario, affiliato al clan dei Corleonesi, autore di un discreto numero di omicidi, rimase là dietro come un amabile giocatore di nascondino.

Nella cella, legarono l'ostaggio a un gancio del muro. Lo Scannacristiani riteneva che avesse un carattere intraprendente e che potesse tentare la fuga.

Secondo il Tedesco, che in futuro sarà un altro di quelli che parleranno, contribuendo a ricostruire i fatti... Secondo il Tedesco, il giovane ostaggio mantenne un contegno stoico, dignitoso, sedette sulla brandina e non mosse un muscolo quando, da fuori, aprirono di scatto lo spioncino per controllare.

∞

«C'erano due tempi, – scriverà piú avanti Silvia nel suo libro. – Nella cella senza finestre dove lui era rinchiuso, ogni minuto si trascinava infinito. La storia del mondo esterno aveva invece un ritmo diverso, noi crescevamo e le stagioni sfumavano una nell'abbraccio troppo rapido dell'altra».

Nei primi mesi, a scuola, tutti avevano parlato in continuazione di lui.

Pareva che dovesse ricomparire da un minuto all'altro e parlarne serviva a mantenere intatto il suo posto. Il suo posto tra loro, tra le cose di sempre: il suono delle campanelle, lo scricchiolio dei banchi, le risate alle spalle degli insegnanti. La polvere dei gessi che scendeva impalpabile dalla lavagna.

Poi i discorsi iniziarono ad affievolire e la sua assenza a diventare normale.

Aspettavano sempre che lui tornasse, certo, eppure lo spazio che aveva lasciato sembrava farsi meno evidente, meno invalicabile. Il banco rimase disoccupato fino a quando, in primavera, un nuovo alunno si unì alla classe.

Quel giorno, Silvia aspettò che tutti uscissero dopo la lezione. Un insegnante che passava sbirciò nell'aula e la vide china su un banco a incidere con la punta di un compasso. L'insegnante scosse la testa e rinunciò a dire qualcosa: in fondo, era soltanto quell'alunna insolita che faceva l'ennesima cosa insolita.

«Disegnavo sul suo banco la faccia...» scriverà lei ricordando quel giorno.

«La sua faccia. Credo che quel disegno inciso sul banco sia stato l'inizio di tutto. Realizzai un ritratto fedele, a memoria, anche senza bisogno di guardare i giornali che pubblicavano la sua foto negli articoli sul rapimento».

∞

Lo tenevano sempre nella cella senza finestre. Senza luce del sole, senza cielo, senza stelle, soltanto un neon e la brandina su cui stava tutto il tempo. Il silenzio era costante, perché gli scagnozzi dello Scannacristiani, nascosti da passamontagna, gli allungavano i pasti senza parlare per non rischiare che lui memorizzasse le voci.

Un giorno gli avevano messo in mano un quotidiano con la data in vista, gli avevano scattato un paio di foto. Lui con la faccia già smagrita, coraggiosa, gli occhi abbassati in un'espressione da bambino abbandonato e insieme da uomo antico, saggio e consapevole dei tradimenti del mondo.

Mandarono le foto alla madre e al nonno, con un biglietto che diceva di comunicare al venduto, ovunque fosse, di chiudere la bocca.

In verità, appena saputo del rapimento, Mezzonaso aveva provato a scappare dagli agenti che lo tenevano in custodia. Voleva tornare nell'isola e trovare il figlio. Ma gli agenti lo avevano ripreso e da allora, sorprendentemente, lui non tentò altre mosse. Continuò a collaborare con la polizia e non chiuse affatto la bocca. Non si capí mai cos'avesse in mente.

Sull'isola, nel frattempo, lo Scannacristiani se ne stava in qualcuno dei suoi rifugi da latitante, mandando ordini a distanza ai carcerieri.

Iniziava a sprofondare in un furioso stupore. Era chiaro che qualcosa non funzionava. Insomma, perché il pezzo di merda non si decideva a ritrattare le cose raccontate alla polizia? Era impazzito? Non si era reso conto che il ragazzino era nelle mani del suo ex amico, lo Scannacristiani, il temibile boss?

All'inizio era sembrato che il piano dovesse avere un rapido successo, per questo i capi di mezza isola avevano fatto a gara per collaborare.

Ora il tempo passava e l'imbarazzo cresceva. Il proprietario della villa dov'era rinchiuso il ragazzino fece sapere che l'ostaggio non poteva piú stare lí.

C'era la raccolta delle olive, si scusò candidamente, il posto aveva smesso di essere sicuro. Per di piú, il ragazzino un giorno si era messo a battere i pugni sul muro, rischiando di attrarre l'attenzione di un bracciante della zona. La raccolta delle olive. Il profumo aspro, quasi feroce dell'olio appena spremuto. E un ragazzino, là dentro, che batte i pugni contro il muro mentre i suoi rapitori, nervosi, si chiedono dove metterlo.

∞

Silvia in effetti era una ragazzina insolita, su questo c'erano pochi dubbi.

Del tutto uguale agli altri non lo era mai stata. Si era mai vista una preadolescente che anziché leggere «Cioè» e altri giornali con le foto dei cantanti, con i consigli sui lucidalabbra, comprava fumetti di supereroi?

Dopo il rapimento, si era fatta piú taciturna e si era allontanata da molte amiche, anzi da tutte tranne che da Loredana, la vicina di casa sovrappeso. La sola materia in cui andava bene era il disegno. I temi di italiano sapeva farli, ma il piú delle volte consegnava un foglio in bianco.

Adesso aveva tredici anni, il suo corpo si allungava, si stava facendo carina. Gli occhi erano piccole spugne scure, umide, impregnate di malinconia, e sembravano sempre lucidi come per via di una febbre. Minuscole schegge d'ebano incastonate nelle iridi grigie.

«Lasciai crescere una frangetta che mi nascondeva mezza faccia. Anche a casa mi consideravano una tipa stramba, chiusa nel suo mondo di fumetti e fantasie. Vero, potevo essere chiusa nel mio mondo, ma avvertivo la tensione nell'aria e intuivo che i miei sapevano qualcosa. Certi adulti sapevano piú cose di altri. Guardavo la faccia da sfinge di mio padre, le guance sporcate da un principio di barba, e quando di sera accendeva la tivú su qualche stupido quiz, il volume cosí alto da far vibrare le finestre, avrei voluto mettermi a urlare. Avrei voluto soltanto scappare».

In qualche modo, si sentiva anche lei rapita. Sbarre invisibili la rendevano intoccabile.

«E poi, prima di dormire, guardavo la finestra di Loredana lampeggiare come un faro remoto. Il pavimento era freddo sotto i piedi nudi. E anche se lei era vicina, appena all'altro lato della strada, a volte mi sentivo orribilmente sola».

Forse era per questa solitudine che amava i supereroi, esseri speciali e consapevoli, solitari, condannati a reggere senza aiuto il peso delle cose. Le piacevano DareDevil oppure Silver Surfer, il piú solitario di tutti. L'eroe d'argento sfrecciava come un'eterna cometa. Sfrecciava nei cieli, sfrecciava lontano.

∞

Ogni volta che il Tedesco raggiungeva il capo per prendere ordini, lo trovava piú nervoso. «E ora dove lo mettiamo *u canuzzu*?» chiedeva livido lo Scannacristiani. Aveva iniziato a chiamare l'ostaggio cosí, in siciliano, *u canuzzu*: «il cagnolino».

Fu in quel periodo che l'odissea entrò nel vivo. Lo Scannacristiani fece trasferire l'ostaggio piú volte. Altre ville sperdute tra gli ulivi e i campi di limoni, altre celle allestite dal Tedesco. Era sempre lui a trasportare il ragazzino da un luogo all'altro, con l'aiuto di altri scagnozzi. Partivano armati come per marciare incontro all'apocalisse, mitragliatori AK-47, manciate di bombe a mano nelle tasche, sempre piú tesi, sempre piú paranoici. La polizia che pattugliava le strade e loro con l'ostaggio nascosto nel bagagliaio.

Al tempo, il Tedesco aveva intorno ai venticinque anni. Già alcuni omicidi alle spalle. Era cresciuto nel paese dello Scannacristiani, era amico d'infanzia di suo fratello e nutriva una fedeltà completa verso il clan.

Eppure aveva sentimenti contrastanti, o almeno cosí racconterà. Difficile restare insensibili di fronte al ragazzino. «Era in uno stato pietoso», ricorderà piú avanti.

Mesi di reclusione avevano ridotto l'ostaggio a uno spettro, sempre piú magro, in evidente stato di deperimento organico. Dal giorno del sequestro non vedeva la luce naturale né un dottore.

Fra poco sarebbe stato un giovane uomo. Ma nessuna avventura gloriosa e triste dell'adolescenza, per lui. Faticava a reggersi in piedi e sonnecchiava di continuo, esausto, senza nemmeno sapere se là fuori fosse giorno o notte.

Un giorno, gli altri scagnozzi si decisero a fargli un bagno e a tagliargli i capelli. Persino loro si erano impietositi.

Gli diedero una tuta pulita, troppo grande, e gli cucinarono per una volta una cena decente. Il ragazzino mangiò vorace, serio, con la solita dignità.

Il Tedesco guardava senza muoversi, pietrificato. Anche se l'ostaggio era deperito, gli occhi restavano consapevoli, due pozzi limpidi dentro i quali, ogni volta che li incrociava, il Tedesco aveva l'impressione di scorgere il proprio riflesso. Gli sembrava proprio di riuscire a vedersi. Eccolo, era lui, la figura di un orco nascosto da un passamontagna.

∞

Fu verso la fine della scuola media che lei e Loredana, seguendo uno degli stili del momento, iniziarono a vestire *grunge*. Lo stile consisteva di vecchi giubbini di pelle recuperati dalle bancarelle di roba usata, jeans sdruciti e camiciotti a quadri che sembravano usciti dal guardaroba di un boscaiolo americano. Ai piedi scarpe da ginnastica vissute. Sul viso, portavano entrambe un lungo ciuffo degno di una schiva rockstar.

Passavano i pomeriggi nella stanza di Loredana ad ascoltare le canzoni dei Nirvana. La voce angelica e roca di Kurt Cobain.

Vivevano in piena provincia palermitana e parevano uscite da un sobborgo di Seattle, si sentivano diverse da tutti e a modo loro lo erano, non solo per i vestiti. Erano speciali. Erano fuori dal gruppo. Silvia perché leggeva storie di supereroi, portava addosso una ferita che nessuno conosceva fino in fondo e non parlava con i compagni di classe. Loredana perché era obesa, ingrassava di giorno in giorno e le erano spuntati due seni troppo grandi, imbarazzanti in una ragazza cosí giovane.

I ragazzi per strada le salutavano con fischi di scherno. Loro rispondevano con sguardi annoiati: chi se ne fregava dei ragazzi del paese, incapaci di fare altro che girare con i motorini truccati. Chi se ne fregava. Si sentivano di un altro pianeta, un pianeta dove tutto era speciale e doloroso... Rovistare all'infinito nelle bancarelle di vestiti usati. Commuoversi fino alle lacrime ascoltando Kurt Cobain.

Il giorno in cui decisero di schiarirsi i capelli, cercarono invano dell'acqua ossigenata a casa di Loredana.

Allora si spostarono a casa di Silvia, dove ne cercarono una bottiglia nell'armadietto del bagno, senza trovarla neppure lí. A Silvia venne in mente di vedere giú in cantina.

Giú, c'era odore di polvere umida. Era un regno selvaggio, quella cantina, un regno di cemento grezzo e ruggine, illuminato a stento da una lampadina nuda.

– E quelle? – chiese Loredana. Stava accennando alle grosse taniche di polietilene allineate contro il muro, in ordine, gelide, come una fila di totem silenziosi.

– Oh, – si irrigidí Silvia. Non si era aspettata di vederle. Da anni, le taniche andavano e venivano dalla loro cantina. Nel tempo, anche se nessuno le aveva mai spiegato nulla, aveva intuito che la loro comparsa si portava dietro qualcosa di sinistro, di sbagliato, una specie di annuncio cattivo. – Non lo so. Roba di mio padre.

– Cosa c'è dentro?

– Non lo so. Non toccarle –. Dissimulò un brivido e pilotò l'amica verso uno scaffale al lato opposto della cantina. – Ecco l'acqua ossigenata.

Piú tardi, quella sera, Silvia cenò in un silenzio ancora piú profondo del solito.

Suo padre, dal canto suo, guardava con occhi mortalmente estranei la ragazza seduta davanti a lui. Quella ragazza dall'aria fragile e pensosa. Quella ragazza con i capelli rossastri, bruciacchiati, una maglietta con la stampa dell'Uomo Ragno su cui l'acqua ossigenata aveva lasciato una quantità di macchioline, come l'effetto di uno spruzzo di lacrime.

I capelli non erano venuti come previsto, avevano preso un colore matto e rossastro.

Ma non solo per questo Silvia si sentiva a disagio sotto

lo sguardo di suo padre. C'era un tale abisso tra loro. E c'era questa immagine, soprattutto, impressa ormai nella mente di Silvia, le sagome di una fila di taniche in attesa, laggiú, sul pavimento di calce grezza della cantina.

∞

A volte, racconteranno i carcerieri, il ragazzino si scuoteva dalla sua spossatezza e inveiva contro il padre, contro l'uomo per colpa del quale era qui e che sembrava averlo abbandonato al suo destino. Altre volte insultava i carcerieri. Tutto ciò che gli restava era questa forma di coraggio solitario. Era talmente pallido, a guardarlo spariva dentro la tuta, il Tedesco e gli altri distoglievano gli occhi ed evitavano di guardarsi l'un l'altro. Un imbarazzo nero e soffocante si insinuava tra loro.

Doveva essere per questo che lo Scannacristiani se ne stava alla larga, mandando ordini da lontano.

«Il cagnolino», cosí continuava a chiamarlo. Anche se il Tedesco era convinto che il capo avesse paura del ragazzino, paura di vedere la sua faccia emaciata e di incontrare i suoi occhi. Ne aveva paura. Tutti quanti ne avevano paura. Un gruppo di mafiosi incalliti, assassini esperti, criminali spietati, tutti a disagio davanti a un ragazzino magro. Nessuna novità sulle trattative con Mezzonaso. Ancora una volta, bisognava decidere cosa fare dell'ostaggio.

∞

Erano passati oltre due anni dal rapimento e la breve stagione della scuola media era agli sgoccioli. Fu di nuovo Daniele, il compagno spaccone, a portare la devastante novità.

Fuori il cielo era di un grigio cenere e la brezza fredda creava una serie di guglie lungo i bordi di una nuvola, rendendola simile a una cattedrale sospesa.

– Lo hanno ammazzato, – annunciò Daniele. Aveva un tono solenne e fissava Silvia con insistenza, con una forma quasi di complicità. – Ha detto mio padre che lo hanno ammazzato.

– Non ti credo, – soffiò lei. Si strinse nelle braccia e iniziò a tremare. – Sei un bugiardo e non ti credo.

Tra i compagni, pochi ormai ricordavano la sua cotta infantile per il ragazzino rapito e soltanto Loredana si avvicinò, posando una mano sulla sua spalla.

Presto la scuola sarebbe finita. Molti si sarebbero persi di vista e non ci sarebbero piú stati compagni a prendere in giro Silvia e Loredana per i vestiti. Si stavano per disperdere, tutti loro, qualcuno sarebbe partito, qualcuno sarebbe rimasto, ognuno seguendo il suo personale percorso nella mappa sfocata dell'esistenza.

E uno di loro era morto. La conferma arrivò dalla polizia settimane dopo. Ammazzato, l'avevano davvero ammazzato, lo diceva la polizia e lo dicevano i giornali.

Il cadavere, a quanto pareva, era stato fatto sparire in un modo orribile.

Silvia non era sicura di quel che provava, sentiva che qualcosa in lei si ritraeva da tutto questo, d'istinto, come lo sguardo dalla superficie accecante di un ghiacciaio.

Disegnava senza sosta, in quei giorni. Disegnava sulle pagine del suo diario e su ogni foglio disponibile. Ora, quando Loredana provava a lampeggiare dalla sua finestra, lei era troppo impegnata con carta e china.

Per il momento disegnava sempre la stessa scena. Una nuvola a forma di cattedrale nel cielo grigio. E in basso, sulla strada, una folla di gente che guardava con gli occhi in su, in direzione del cielo.

C'erano varie facce, tra la folla nel disegno. C'erano i suoi compagni di scuola. C'erano i suoi genitori in una posa rigida, quasi da soldati. C'era persino Kurt Cobain, perché no, con i capelli sugli occhi. E c'era lo psichiatra da cui i suoi l'avevano mandata negli ultimi tempi, il primo della sua vita, un uomo con un paio di baffi che nascondevano un sorriso vago.

Lo psichiatra aveva detto che la ragazza viveva in un mondo suo, aveva detto che stava cercando di sfuggire da un trauma. Questo psichiatra faceva delle grandi scoperte.

Dunque, nel disegno c'erano tutti, con gli occhi in su, tutti a guardare con stupore verso il cielo, dove una figura volteggiava accanto alla nuvola-cattedrale.

Era lui. Lassú in alto volteggiava lui. Non era per nulla morto, al contrario era diventato un supereroe al modo di Silver Surfer o dei Fantastici Quattro. Montava un cavallo come in una delle foto che circolavano sui giornali, una foto scattata al maneggio dove andava prima del sequestro, solo che nel disegno il cavallo era fatto di vento e si intravedevano appena i contorni.

Era vivo, era libero e volava. Un autentico supereroe. Lo battezzò *il Cavaliere Bianco*.

Stava disegnando anche il pomeriggio in cui sua madre entrò nella sua stanza, sedette sul letto e la fissò preoccupata. Fece un colpetto di tosse e annunciò: – Tuo padre e io abbiamo pensato che potrebbe farti bene cambiare aria.

Silvia si era aspettata qualcosa del genere. Suo padre la guardava ormai con una smorfia di aperto fastidio ed era chiaro che non sopportava piú di averla in casa. – Avete deciso di mandarmi via, – constatò con un misto di paura e sollievo.

– Vogliamo solo vederti diventare una ragazza normale.

Silvia accennò un sorriso triste. A lei, invece, sarebbe piaciuto essere cresciuta in una famiglia che non nascondeva misteriose taniche in cantina, in un posto dove i ragazzini non venivano rapiti e fatti sparire. – Dove mi mandate?

– Spero tanto che ti farà bene, – sospirò sua madre. La preoccupazione nella sua voce suonava sincera. – Ci hanno parlato di un collegio a Roma.

∞

Intorno all'estate del 1995, mesi prima che venisse l'ordine finale di eliminare l'ostaggio, il Tedesco aveva ricevuto l'ordine di costruire un bunker.

Un nuovo, perfetto, definitivo bunker sotterraneo in una tenuta di Giambascio, una zona di San Giuseppe Jato. In questo modo, non ci sarebbe piú stato bisogno di chiedere in prestito le ville degli altri capi dell'isola.

Il Tedesco sognava da tempo un'opportunità del genere. Pur senza aver studiato ingegneria, aveva un talento per progettare e realizzare rifugi segreti. – Devi fare l'opera della tua vita, – aveva stabilito lo Scannacristiani.

L'opera della sua vita. Un bunker blindato, in pratica un rifugio antiatomico, protetto da una botola pesantissima mossa da una pompa idraulica potenziata. Il Tedesco lavorò giorno e notte. Disponeva di denaro e di una squadra di operai. Lavorò in preda a un'indicibile frenesia, all'ambizione di realizzare il bunker perfetto e al terrore per l'impazienza del capo.

Nel frattempo l'ostaggio era parcheggiato in una località dal nome significativo, Purgatorio. Ormai era troppo deperito per lamentarsi o per inveire.

La sera in cui il Tedesco andò a prenderlo per portarlo nel bunker, il clima era tiepido e una luce pollinosa e morente sfumava i contorni dell'orizzonte.

Il tramonto calava sull'isola. Incappucciato e legato, chiuso come sempre nel bagagliaio, il ragazzino si lamentava della corda troppo stretta.

La voce usciva dal bagagliaio e raggiungeva il Tedesco che guidava nervoso.

– Stai zitto, – disse l'uomo.

– Sento il profumo del mare, – gemette il ragazzino mentre passavano vicini alla costa. – Sento il profumo dei fiori.

– Stai zitto –. Il Tedesco non avrebbe mai scordato quel viaggio. Loro due verso il bunker perfetto. I gelsomini sui

83

muretti che costeggiavano la strada, la luce del sole che si estingueva con lentezza e lui che guidava altrettanto lento, cauto, tormentato. Era il loro primo dialogo.

– Dove mi porti? – chiese il ragazzino.

– Ti porto in un posto migliore, – rispose il Tedesco. Lui stesso si chiedeva quanto tempo il ragazzino avrebbe resistito nel bunker, e cominciava a sospettare quale sarebbe stata la fine. – Ti porto in un posto dove starai meglio.

∞

Roma all'inizio le fece bene. La città era ariosa con tutti quei colli, le sue fontane, nuvole strette come lucertole a fare la guardia all'orizzonte sopra il Circo Massimo. Il sabato pomeriggio usciva a passeggiare e il resto del tempo lo passava a scuola e in biblioteca e nella sua stanza. Frequentava un liceo gestito da religiose e dormiva nel collegio femminile annesso. La disciplina era rigida ma non maniacale, le suore guardavano con disapprovazione i suoi vestiti senza però dire nulla. E poi con lei c'era Loredana.

Dopo aver saputo che l'amica sarebbe stata mandata a Roma, Loredana aveva insistito per esserci mandata a sua volta. E i suoi genitori, tutto sommato, non erano sembrati cosí dispiaciuti. Erano proprio figlie reiette, loro due: la cicciona sgranocchiapatatine e la matta silenziosa, mandate in esilio nella grande città.

Dividevano una stanza con il pavimento di legno e due piccole finestre a forma di oblò che la facevano somigliare a una cabina.

Si stava bene là dentro. Silvia aveva tappezzato le pareti con i suoi disegni e certe volte fissava il mondo esterno attraverso le finestre-oblò, in preda a una nostalgia senza nome, come se davvero una grande nave la stesse portando via.

Loredana aveva una vita piú dinamica. Si era iscritta a un corso di hula hoop e passava ore a esercitarsi. Hula hoop, chi l'avrebbe mai detto? Si muoveva sinuosa e inaspettatamente agile, con quell'affare intorno ai fianchi. Non era dimagrita, questo no, piuttosto si era come assestata, il suo corpo era ormai quello di una favolosa matrona. Si dipingeva le unghie di mani e piedi di viola e indossava magliette sfacciatamente attillate.

Un sabato pomeriggio si fece vivo il cugino di Loredana, proprio lui, quello che aveva insegnato loro il codice morse.

Il quattordicenne *nerd* dei vecchi tempi era adesso un tipo con eleganti occhiali senza montatura, una camicia sportiva aperta sul collo. Niente male. Studiava a Roma anche lui. Le accompagnò in una gelateria e in un momento in cui Loredana non sentiva chiese a Silvia se la settimana dopo potevano magari vedersi da soli.

Lei disse di no. Non le era mai passato per la testa di uscire con un ragazzo.

– Si può sapere qual è il tuo problema? – scosse la testa Loredana quando Silvia raccontò la cosa. – Hai detto che lo trovi carino. Non è piú lo sfigato di una volta.

Già, qual era il suo problema? Loredana iniziò a farle spesso questa domanda.

Il cugino fu soltanto il primo. Quando uscivano, i ragazzi le lanciavano sguardi e Loredana non la finiva di farle notare: – Hai visto? Quello ti ha guardata.

Nella gelateria che frequentavano, i ragazzi venivano a chiederle se aveva voglia di uscire, andare a ballare o a qualche concerto. Silvia rispondeva a monosillabi. Li sentiva parlare da anni luce di distanza. In poco tempo si guadagnò la fama di una che faceva la preziosa.

– Non è mica giusto, – continuava a scuotere la testa Loredana. – Potessi averli io, i tuoi corteggiatori.

A dire il vero, Silvia glieli avrebbe ceduti volentieri. Disegnare le riempiva già la vita. Quando tornava nella stanza al collegio, trovava il Cavaliere Bianco a fissarla dalle pareti con il suo sorriso triste e infinito. Erano trascorsi anni dall'ultima volta che lei aveva visto quel volto e quindi cercava di disegnarlo piú adulto, cresciuto. Eppure era sempre il suo sorriso da bambino, l'intensità senza tempo degli occhi scuri.

– Non è macabro continuare a disegnare la sua faccia? – chiese un pomeriggio Loredana.

– L'ho trasformato in un supereroe, – si giustificò Silvia. – È il personaggio delle mie storie. Cosa c'è di macabro?

– C'è che non capisco perché rimugini ancora su una cotta avuta in prima media. Si può sapere perché ti ossessiona tanto? – Loredana si stava dedicando a una sessione di hula hoop e il cerchio le ruotava intorno ai fianchi, ipnotico, provocando una lieve corrente che attraversava la stanza come un brivido. – Silvia, è morto. Lo hanno ammazzato.

– Lo so, – disse lei.

– Non mi sembra sano insistere con queste fantasie, – disse Loredana accennando ai disegni sulla parete. Lasciò cadere il cerchio e restò a guardarla, un poco ansimante. – Perché sai bene che sono fantasie, *giusto*? Voglio dire, l'idea che lui sia ancora vivo, che sia diventato un supereroe e tutto il resto.

– Ovvio, – rispose Silvia scocciata. Che razza di domande. Certo che lo sapeva.

Dunque, un paio di settimane dopo ci fu la cosa dell'incidente. Silvia stava attraversando la strada quando una macchina giunse come un siluro. Lei non capí bene cosa successe, chiuse gli occhi e sentí la macchina sfiorarla di pochi millimetri.

Un paio di testimoni dissero di aver visto la macchina deviare quasi ad angolo retto. Si fermò addosso a un lampione, il guidatore scese barcollante e guardò Silvia con terrore. Disse di non averla vista per nulla. Non sapeva neppure bene perché avesse deviato in quel modo e come ci fosse riuscito. – Sei stata fortunata, – le dissero le persone presenti.

Anche Loredana disse che era stata fortunata, quando

lei raccontò l'accaduto. L'amica la abbracciò e scoppiò a piangere al pensiero di quello che avrebbe potuto succedere.

Dentro di lei, a dire il vero, Silvia pensava a un'altra versione dei fatti. Una versione in cui la fortuna c'entrava poco. Quella notte, mentre Loredana dormiva e il silenzio del collegio si avvolgeva intorno come una spirale, come se il mondo intero trattenesse il fiato... Quella notte, disegnò una storia in cui il Cavaliere Bianco interveniva nell'incidente. Era lui che la salvava. Era lui a deviare la macchina che stava per investirla.

∞

Relegando il suo figlioccio nel bunker sotterraneo, lo Scannacristiani sperava di essersi tolto il pensiero. Che se ne stesse là sotto, il cagnolino dalla faccia magra. Incaricò una nuova squadra di carcerieri e lasciò che se la sbrigassero loro.

Finora, nelle diverse sistemazioni, l'ostaggio era stato sorvegliato da una varietà di carcerieri, tra cui lo Zio Franco e il suocero del Tedesco. Nessuno aveva resistito piú di qualche mese.

Infine, l'ultima formazione fu quella che comprendeva il fratello dello Scannacristiani, non proprio famoso per il suo cervello, e un cugino del Tedesco, a sua volta conosciuto come «il cugino scemo». Una gran bella squadra.

C'erano poi un tale Chiodo e il Tedesco stesso. Tutti là sotto, a turno, a sorvegliare un ragazzino che li terrorizzava con i suoi occhi, con le sue braccia scheletriche.

Il Chiodo iniziò a dire di aver visto dei fantasmi intorno al bunker, contribuendo al generale clima di paranoia. Fantasmi. L'intera mafia dell'isola non voleva piú saperne del rapimento e un senso di caduta e di fatalità incombeva.

Il Tedesco portò al ragazzino una rivista di cavalli. Gli aveva promesso che nel nuovo posto sarebbe stato meglio, era ovvio che non era cosí.

Nell'aria soffocante del bunker, vestito ormai di stracci, lo sguardo che iniziava a farsi appannato, i capelli troppo lunghi e sporchi, sembrava un giovane messia subito prima del supplizio.

Il Tedesco dirà di aver fantasticato piú volte, in quel periodo, di fare una chiamata anonima alla polizia, di indicare loro la collocazione del bunker. Non lo fece. Era terrorizzato come tutti dallo Scannacristiani.

Si chiedeva perché la polizia, quella che pattugliava le strade, quella che sembrava tenere il fiato sul loro collo, non trovasse il bunker. Era cosí difficile seguire le tracce di una squadra di carcerieri formata per metà da idioti? O forse anche la polizia aveva paura, rifletteva il Tedesco. I giovani agenti mandati allo sbaraglio sulle strade preferivano distogliere lo sguardo. Tutti impauriti. Tutti terrorizzati.

La paranoia era sovrana e avvolgeva l'isola come una tempesta magnetica il cui epicentro si trovava là sotto, nelle stanze anguste di un bunker sotterraneo.

Il ragazzino era sempre piú solo. Non poteva farcela. Non poteva uscirne vivo.

Di sua iniziativa, il Tedesco reclutò un altro carceriere, un tizio della zona, un altro mezzo idiota che si entusiasmò, niente meno, per il telecomando che comandava la botola d'entrata del bunker. Grazie a lui, il Tedesco contava di andare sempre meno nel bunker. Contava, già, di iniziare a dimenticare.

∞

Un paio di volte all'anno, a Natale e durante l'estate, Silvia riempiva lo zaino e prendeva un treno per tornare sull'isola. Tutto era sempre al suo posto. La faccia aliena dei suoi genitori, la sua vecchia camera, e a poche strade di distanza la scuola media dove di sicuro, da qualche parte, c'era ancora un banco con l'incisione di un volto, il piccolo volto del suo amore d'infanzia.

Quindi veniva l'ora di riprendere un treno verso Roma, sul quale lei saliva con un senso di sollievo e insieme di condanna. Sentiva di andare verso un salto mozzafiato. Un abisso stava per inghiottirla. Al collegio, le suore e gli insegnanti la trattavano con pazienza, e sembravano convinti che prima o poi si sarebbe aperta. Prima o poi sarebbe sbocciata.

Invece al contrario era sempre piú chiusa. «Cosa fai rintanata qui dentro?», chiedeva puntualmente Loredana piombando nella stanza, di ritorno da qualcuna delle sue avventure.

Loredana si era classificata quarta a un campionato di hula hoop. E sempre di piú la sua filosofia era quella di scuotersi, muovere i fianchi e divertirsi.

Era la fine degli anni Novanta, un periodo in cui tutti ancora ballavano. C'erano le discoteche, c'erano i rave party nelle campagne fuori città, c'era musica eccitante, fragorosa, c'erano ragazzi da abbracciare e da baciare e da amare. Ogni tanto Silvia seguiva l'amica. Uscivano di nascosto dal collegio e andavano a qualche festa dove lei stava in disparte, nel turbine della musica, a guardare la massa dei corpi sudati in pista. Era tutto cosí bello. Era tutto cosí lontano.

Il suo vero mondo restavano i fumetti. Soprattutto quelli che lei stessa disegnava.

Al Cavaliere Bianco si era unito un personaggio secondario, piú leggero, quasi comico, una supereroina dal costume attillato, la cui arma era un hula hoop capace di creare micidiali onde di energia. Il suo nome era Lori Nova.

Loredana rise quando vide la prima storia, quindi prese un'aria seria. – Sono contenta di essere nelle tue storie. Sei brava, non dico che devi smetterla coi fumetti. Però non puoi nemmeno continuare cosí, devi uscire, devi trovarti un ragazzo, è assurdo che una ragazza bella come te…

– Ma io esco, – rispose lei. – Vengo a lezione, ogni tanto vengo alle feste.

– Silvia, a volte mi sveglio in piena notte. E ti vedo alla finestra, silenziosa, guardare verso il cielo come se stessi aspettando di vedere comparire qualcosa, oppure *qualcuno*.

Allora lei alzò le spalle. Non le andava di spiegare. Era vero, passava un sacco di tempo a disegnare fumetti e di notte anziché dormire fissava il cielo. Non poteva farne a meno. Da quando c'era stato l'incidente, e quella macchina l'aveva miracolosamente mancata... D'accordo, sapeva che nessun Cavaliere Bianco sarebbe comparso là in alto, contro il cielo, tra le nuvole che il riflesso della città colorava di un arancio spettrale. Lo sapeva. Però ugualmente fissava il cielo.

Un pomeriggio alla settimana vedeva uno psichiatra, pagato con i soldi che sua madre le mandava apposta.

Lo psichiatra, questa volta un tizio senza baffi e dal viso troppo abbronzato, riteneva che soffrisse di una lieve fobia sociale. Le aveva prescritto degli ansiolitici. Lei non gli aveva raccontato molto del compagno rapito. Dei suoi occhi scuri e del banco vuoto e del suo cavallo fatto di vento. Non le andava di sentire la solita domanda, *perché ti ossessiona tanto?*

Teneva gli ansiolitici dentro un cassetto, in una vecchia scatola di caramelle.

Aveva quasi diciott'anni e non aveva mai baciato nessuno. Si sentiva scivolare in un luogo senza ritorno. «Nel complesso, gli anni del collegio furono una progressiva, quasi dolce mutilazione. Ogni giorno un pezzetto di me veniva tagliato e io restavo piú nuda, piú piccola e piú impotente».

∞

Il tizio reclutato dal Tedesco, quello entusiasta del telecomando della botola, fuggí dopo pochi giorni. Terrorizzato anche lui. Terrorizzato dall'aspetto del ragazzino, dall'inferno del bunker.

Il Tedesco fu costretto a riprendere i turni fino a quando, una sera, fu convocato dallo Scannacristiani.

Era il gennaio del 1996 e il rapimento durava da quasi ventisei mesi. 779 giorni.

Lo Scannacristiani lo aspettava in una vecchia dimora, appartenente a chissà chi, in un paesino poco distante. Non era solo. C'erano degli altri capi con lui.

Con sorpresa, il Tedesco realizzò di non essere stato convocato per parlare del rapimento. C'era in ballo dell'altro. Un ennesimo pentito, uno dei tanti che stavano ormai facendo scricchiolare la piramide del potere criminale dell'isola, era stato individuato nel Nord Italia. A Bologna. E quindi, ecco cosa doveva fare il Tedesco: partire il giorno successivo in compagnia di un collega sicario, raggiungere Bologna e far fuori il pentito. Si trattava di questo. Il Tedesco sospirò, contento di avere un diversivo.

Una manciata di uomini che discutono di un piano per far fuori qualcuno, la tivú che va in sottofondo. Una sera normale, a modo suo.

E poi a un tratto successe. Alla tivú cominciò un telegiornale e lo speaker lanciò una notizia.

Riguardava le rivelazioni di Mezzonaso. Sulla base di tali rivelazioni, stava dicendo lo speaker, era stata emessa una sentenza di ergastolo per lo Scannacristiani e per lo Zio Franco. Ergastolo. Erano entrambi latitanti ma se fossero stati catturati, a questo punto, sarebbero finiti in carcere a vita.

Fu come se la stanza si fosse riempita di gas. Tutti trattennero il fiato. La tivú che continuava a bisbigliare e i presenti che evitavano di guardarsi tra loro, quasi che un casuale contatto degli sguardi potesse far esplodere l'aria.

Passarono lunghi istanti. Avrebbero potuto restare cosí in eterno, perché no, congelati in quella stanza, lo Scannacristiani, il Tedesco, gli altri capi.

Rosso in viso, lo Scannacristiani infine parlò. – Ammazzate il figlio del bastardo –. Anche se il Tedesco provò a obiettare, il capo aveva deciso. – Voglio che non si trovino neanche le ossa.

Questo fu quanto avrebbe raccontato in seguito il Tedesco. Secondo la versione dello stesso Scannacristiani, invece, non ci fu alcun ordine. Lui si limitò a dire qualcosa del tipo: – Usciamo da questa situazione, – e subito il Tedesco, come non avesse atteso altro, partí per andare ad ammazzare l'ostaggio, senza che lo Scannacristiani avesse il tempo di richiamarlo indietro.

Povero Scannacristiani. Non ebbe neanche il tempo di richiamarlo indietro. E povero Tedesco, non ebbe la possibilità di far ragionare il capo.

La coperta della colpa è lunga, puoi sempre allungarne un lembo al tuo vicino.

Sarebbe stata ricordata cosí, quella sera sfocata di gennaio. Una notizia al telegiornale, il gelo nella stanza, e tutto ormai era deciso per sempre.

∞

«Alla fine del liceo, mi iscrissi a una scuola di fumetto e Loredana a una facoltà di arti e spettacolo. Lasciammo la stanza al collegio e trovammo un bilocale a San Lorenzo. Il pavimento era dissestato e il bagno un pertugio di poco piú di un metro quadro».

Silvia rimpiangeva la stanza con le finestre a forma di oblò. Attaccava disegni del Cavaliere Bianco alle pareti e lui la guardava con occhi cupi, interrogativi. Sei pronta?, sembravano chiedere quegli occhi. Lei carezzava i disegni e li sfiorava con le labbra.

Aveva trovato un lavoro part-time in un piccolo studio grafico ma già dopo un paio di settimane iniziò a darsi malata, incapace di affrontare gli sguardi e le voci dei colleghi. Andava sempre meno anche a lezione. Non usciva piú di casa.

Teneva la tivú sempre accesa, adesso, in attesa di un certo tipo di notizie.

Aspettava notizie su disastri scampati, incidenti ferroviari rimasti senza vittime, palazzi crollati senza causare neppure un morto. Sparatorie dove i passanti avevano schivato miracolosamente le pallottole. Notizie di tragedie mancate per un soffio. Bande criminali scovate dalla polizia grazie a misteriose coincidenze, grazie a inspiegabili colpi di fortuna. Erano notizie rare ma ogni tanto ne arrivava qualcuna, e lei allora sollevava gli occhi verso il Cavaliere Bianco, sorridendo.

Si affacciava alla finestra e sussurrava verso il cielo: «Ci sei tu di mezzo».

Se Loredana era nei paraggi, la guardava torva. All'inizio pensava che Silvia scherzasse. Anche Silvia, forse, all'inizio pensava di scherzare.

Poi, non ci fu piú nulla per cui valesse la pena di ricordare che si trattava di una fantasia.

Se un confine tra realtà e fantasia era mai esistito, un dolore corrosivo lo aveva sciolto. «Non esisteva la fantasia, esisteva solo la necessità di sopravvivere. Come facevano gli altri a non capire? C'era lui, là fuori, a vegliare su di me e su ogni altro. Non sarei stata neppure viva, altrimenti».

Dormiva con un ritratto del Cavaliere Bianco accanto al cuscino. Di mattina trovava il cuscino umido pur senza ricordare di avere pianto.

Fece un sogno, una di quelle notti. Non era un sogno come gli altri, non aveva immagini, non aveva parole, era piuttosto una sensazione. Nel sogno c'era qualcosa dentro di lei, una specie di pugno incandescente che affondava nel petto, come un minuscolo sole infiammato, come il nucleo di un reattore impazzito affonda nella terra. Il pugno affondava e lei non poteva fare nulla. Tutto il dolore accumulato finora faceva da carburante alla fusione di quel minuscolo reattore che bruciava, e affondava in lei, e corrodeva tutto ciò che trovava.

Dopo il sogno, restò un'intera giornata accanto alla finestra. Loredana non disse nulla, in compenso fece una telefonata. E il giorno successivo il campanello suonò.

– Silvia, mio dio, – sussurrò sua madre appena la vide. Le bastò uno sguardo per capire quanto la figlia fosse grave. – Preparati, giú un taxi ci aspetta.

– Dove andiamo? – Silvia sentí la propria voce chiedere. Dentro il suo petto, il pugno incandescente pulsò.

– Mi hanno parlato di un buon posto, – rispose sua madre distogliendo lo sguardo.

Fuori aveva appena piovuto. Il taxi sfrecciava lungo le strade bagnate. La lucidità dell'aria. La luce d'argento. Il cielo e la città intera si specchiavano, sorpresi, commossi, nel loro doppio sull'asfalto bagnato.

Lei si abbandonò sul sedile. Iniziò a lacrimare in silenzio, non poteva fermarsi. Aveva quasi vent'anni. Otto anni di dolore trattenuto ed era la prima volta che piangeva, almeno da sveglia.

Aveva sempre pensato che sua madre, d'accordo con suo padre, l'avesse mandata a Roma per liberarsi di una figlia troppo stramba, una figlia che aveva intuito troppe cose. Sul sedile del taxi, a un tratto, comprese che in realtà la madre aveva davvero sperato di vederla crescere in modo normale. Lo comprese quando sentí sua madre stringerle la mano e si accorse che anche lei piangeva. – Oh, Silvia, – singhiozzò. – Silvia.

La clinica era dall'altra parte del Tevere. Il taxi si arrampicò sulla collina di Monte Mario. Dai rami degli alberi, gocce pesanti cadevano sul tetto dell'auto.

Era una vecchia villa riadattata a clinica psichiatrica. Anzi, sembrava una specie di castello. Parte della facciata era coperta da un'edera. Una piccola torre si alzava dal resto della costruzione, svettando con malinconica eleganza.

Mentre oltrepassava la porta a vetri, Silvia continuava a piangere in silenzio.

Il dottore che venne loro incontro aveva una faccia gentile, anche se lei non riuscí a prestargli molta attenzione.

La camera era minuscola. Era proprio nella torre, all'ultimo piano. Tutto in quella camera era di un verde leggero, appena percettibile, le pareti, le tende, la vernice dell'armadio. Sua madre se ne andò. Era il tramonto. Quella notte lei non dormí e continuò a lacrimare, inarrestabile, il petto dilaniato, un vuoto spaventoso intorno a lei. Restò alla finestra a lampeggiare, fino a mattino, un segnale d'aiuto verso il cielo:

V-I-E-N-I--A--S-A-L-V-A-R-M-I

∞

Il ragazzino era nel bunker, raggomitolato sulla branda, a studiare per la centesima volta la rivista di cavalli che uno dei carcerieri gli aveva portato. Sfogliava le pagine e chissà se le vedeva. Pesava poco piú di trenta chili e il suo respiro era un rantolo flebile, quasi inesistente.

Da ore nessuno apriva lo spioncino per controllarlo e quando la porta si spalancò di colpo, dovette capire che qualcosa stava per succedere.

Cercò di sollevarsi. Vide uno dei carcerieri venirgli incontro, sfocato come in un sogno, mentre altri due restavano nella penombra della porta. – Mi portate a casa? – chiese assurdamente.

L'uomo bofonchiò qualcosa. Non era quello che gli aveva portato la rivista, la voce era diversa. Quello della rivista doveva essere rimasto sulla porta.

C'era qualcosa di diverso nei suoi carcerieri ma lui subito non capí. Erano tutti a volto scoperto.

– Mettiti con la faccia contro il muro, – fu l'ultima cosa che sentí nella sua vita.

∞

Silvia non poteva dormire. Non poteva fare neppure molto altro, di notte, perché gli inservienti della clinica si

95

erano accorti della sua abitudine di lampeggiare in codice morse e toglievano la luce alla sua stanza nelle ore notturne.

Di giorno, Loredana era l'unica visita. Le aveva portato dei fiori e un piccolo stereo portatile per ascoltare musica. «Mi dispiace cosí tanto», ripeteva la vecchia amica. «Ho *dovuto* chiamare tua madre. Non sapevo piú cosa fare».

«Non ti preoccupare», rispondeva lei. Gli psicofarmaci le lasciavano in bocca un gusto di cenere. Un giorno, spalancò gli occhi e fissò l'amica e le disse, senza apparente motivo: – Sei diventata una donna cosí vitale e bella.

– Non scherzare. Sei tu la donna bellissima. E lo sarai ancora di piú quando esci di qui.

Lei scosse la testa. Pensò a loro due che si scambiavano messaggi luminosi, a dodici anni, da una casa all'altra. Pensò a quando si erano ossigenate i capelli per diventare bionde come Kurt Cobain, all'odore dei vestiti usati sulle bancarelle di Palermo. All'automobile che l'aveva mancata di un millimetro. E poi, di nuovo indietro nel tempo, il banco vuoto da cui tutto era partito.

Tutto questo era successo, e lei accarezzava i ricordi, ora, dalla stanza di una torre su una collina di Roma.

«A tratti, – scriverà, – mi prendeva uno stupore furioso per ciò che era successo, e per il posto dov'ero finita».

Poi arrivava l'infermiera con le pillole e ricominciava il gusto di cenere. La diagnosi era depressione psicotica, la terapia un cocktail di antidepressivi e neurolettici.

La cenere copriva il male ma di certo non lo spegneva. Qualunque fosse la sua malattia, lei non credeva di poter guarire. Non ci credeva. Era pronta soltanto a soffrire.

Nelle peggiori malattie arriva il punto in cui non esiste speranza, esiste soltanto questo sciogliersi, lento, nel bagno di una stanchezza senza fine.

Spesso, nel buio della stanza, le sembrava di intravedere, contro la parete a fianco del letto, una fila di taniche in attesa.

Quindi, una notte, saranno state le tre, mentre l'unico

96

suono era quello basso dell'impianto di condizionamento, nei corridoi della clinica si diffuse all'improvviso una musica.

«Avevo attaccato lo stereo nel corridoio, a tutto volume, con *Lithium* dei Nirvana e io che ci cantavo sopra, stonata, disperata, con tutto il fiato che mi restava».

Ballò nel corridoio, a piedi nudi, con gli altri pazienti che si affacciavano insonnoliti sulle porte.

Fu un dottore che riuscí a calmarla. Lo stesso dottore che l'aveva accolta al suo arrivo in clinica. Si chiamava Riccardo Aurenti ed era sui trentacinque anni, piuttosto alto, un ciuffo castano che scendeva sulla fronte e vecchie magliette di gruppi rock che spuntavano, spesso, sotto il collo sbottonato del camice. Scacciò gli inservienti che erano accorsi, prese Silvia per mano e la ricondusse nella sua stanza. Nella penombra iniziò a sussurrare la stessa canzone, quella dei Nirvana, però molto piú lenta. L'aveva trasformata in una ninnananna. La canticchiò piú volte, fino a quando il respiro di Silvia si calmò, e allora, per la prima volta dopo tanto, lei chiuse gli occhi e si addormentò subito. *I'm so happy, cause today I found my friends. They're in my head. I'm so ugly but that's ok, cause so are you. Yeah yeah yeah yeah.*

∞

Nel corso dei due anni del rapimento, in tutta l'isola era continuata la guerra. La guerra scatenata dalle cosche contro i traditori, contro i presunti traditori, contro i nemici, contro gli amici dei nemici, contro chi sapeva troppo, contro chi non serviva piú.

A tendere l'orecchio, chissà, si sarebbe quasi potuto sentire un ribollio lento, sinistro.

Qualcosa ribolliva nel chiuso di certi magazzini abbandonati, nei bunker dei mafiosi, nelle ville piú remote, dentro grossi bidoni appoggiati su fornelli di fortuna...

L'acido era il modo migliore per far sparire i cadaveri delle persone fatte fuori.

Numerosi pentiti racconteranno di un'infernale catena di esecuzioni e cadaveri sciolti nell'acido.

Le esecuzioni venivano in genere portate a termine con una cordicella di nylon intorno al collo. Bisognava essere certi che la vittima fosse davvero morta, un improvviso spasimo del corpo immerso nell'acido avrebbe provocato sgradevoli schizzi. L'acido ribolliva in pentoloni fumanti. Gli addetti allo smaltimento dei cadaveri rimestavano intere ore per ammorbidire ossa troppo dure, tibie ostinate e femori resistenti.

Ci volevano circa tre ore per sciogliere un corpo, scomporlo, come non fosse mai esistito, un efferato miracolo della chimica. I pentoloni venivano svuotati nei fiumi.

L'acido era l'oro liquido di quel tempo, piú prezioso di qualsiasi droga, di qualsiasi sostanza. Veniva procurato da complici che lavoravano nell'edilizia o contrabbandato in altre maniere. Smerciato in bidoni o in taniche di polietilene.

Era un'isola di lava, di sabbia e di brezza salata, gelsomini ai bordi delle strade, colate di cemento lungo la costa. Isola di polvere e di zucchero. Fiumi addizionati di liquido corrosivo. Per il ragazzino, fu seguita la prassi di sempre. Una cordicella di nylon intorno al collo. Un pentolone già lo aspettava.

∞

Qualche mattino dopo la notte della canzone-ninna-nanna, il dottor Aurenti fece capolino nella stanza di lei. – Ehi, questa la conosco, – disse sbirciando tra le tavole a fumetti che Silvia aveva appeso ad asciugare alla parete. – Non è la tua amica? – continuò a sorridere il dottore indicando un disegno dove compariva Lori Nova, la supereroina con l'hula hoop.

Il profumo della china fresca aleggiava nell'aria. In seguito, di quel mattino, Silvia avrebbe ricordato di essersene stata tutto il tempo seduta sul davanzale della finestra, a braccia incrociate, studiando con diffidenza l'uomo davanti a lei. Era imbarazzata per la scena di alcune notti prima ed era sicura che il dottore la considerasse una psicotica senza rimedio.

E poi, nessuno oltre a Loredana aveva mai guardato sul serio i suoi fumetti.

– È proprio quella tua amica che viene a trovarti. L'hai trasformata in una supereroina, – constatò lui. – È una fantasia.

– Certo che Lori Nova è una fantasia, – sospirò Silvia sulla difensiva. Era cosí faticoso dover spiegare. Dare parole a ciò che aveva in testa. C'erano cose reali e cose irreali, e tutte insieme se ne stavano là, in un luogo intricato e profondo, dove le parole potevano spiegare molto poco.

– E invece questo... – Il dottore ora fissava un ritratto del Cavaliere Bianco.

Ormai, la mano da disegnatrice di Silvia era matura e il Cavaliere Bianco aveva raggiunto un aspetto intensamente realistico.

Il suo costume ricordava quello di un fantino e il volto era un misto perfetto tra il bimbo perduto che era stato, quello di cui la gente aveva conosciuto la foto sui giornali, e un uomo diventato adulto, dall'amara saggezza. Un supereroe. Un essere solitario. Le mani, la curva delle spalle, le piccole orecchie infantili, lo struggente quarzo nero degli occhi: ogni dettaglio era segnato da una nitidezza dolorosa, quasi insostenibile.

Il dottore fissò a lungo il volto nei disegni. Strinse gli occhi e, a sorpresa, una lacrima gli rigò la pelle, una saetta nel cielo ispido della guancia. – E invece questo, – ricominciò senza cambiare tono, – era un tuo compagno di classe, a quanto ho capito. Qui cosa fa? – chiese indicando una tavola.

– Lí… – provò a rispondere lei, turbata dagli occhi umidi dell'altro, dal soffio di intimità che aveva riempito la stanza. – Sta catturando il capo di una banda malavitosa. È un supereroe.

– Lo so che è un supereroe. E qui invece, cosa fa?

– Lí… – ripeté Silvia mordendosi il labbro. – Lí mi sta salvando da un incidente. Spinge via la macchina che sta per investirmi.

– Capisco, – disse il dottore esaminando il disegno. – E anche l'idea che il tuo compagno di scuola sia diventato un supereroe… Anche questa è una fantasia, vero?

Lei non rispose. Infilò le mani nelle tasche dei jeans, quelli che metteva ancora tutti in giorni perché non le piaceva bighellonare in vestaglia.

Quando lui le chiese di parlare dell'incidente, Silvia glielo descrisse. Non aveva piú nulla da perdere. Che la chiudessero pure in un manicomio per il resto dei giorni. Si girò verso la finestra e il cielo, fuori, era offuscato da un biancore neutro, senza confine, quasi il riflesso di un'esplosione lontana.

– Ci sono mille possibili spiegazioni per come andò quell'incidente, – ragionò con pacatezza il dottore. – Spiegazioni razionali, intendo. Non c'è bisogno dell'intervento di un supereroe –. E poi, con la stessa pacatezza: – Perché hai tanto bisogno di credere che lui sia ancora vivo?

Sul vetro della finestra, lei distingueva il loro vago riflesso. Il riflesso di se stessa, il riflesso del dottore, ed entrambi parevano cosí giovani, due ragazzini quasi, persi sullo sfondo di un cielo bianco.

Prima di andarsene, lui disse soltanto: – Sei piú bella di come ti sei disegnata, – accennando alla tavola dell'incidente. E infine: – Penso che dovresti mettere insieme i tuoi disegni. Riunirli in una sola lunga storia. Sono disegni bellissimi, Silvia. Dovresti farne un libro o qualcosa del genere.

∞

Quando tutto fu finito, il Tedesco tornò a casa e fece una doccia. Una lunga doccia. Finito, era tutto finito. Le immagini della notte appena trascorsa continuavano a emergere in lui, implacabili, come i tentacoli di un mostro da un abisso marino.

Era stato il Chiodo, quel mezzo idiota, che si era fatto convincere a finire il ragazzino, mentre lui e il fratello dello Scannacristiani restavano sulla porta.

In questo modo il Tedesco aveva evitato il rimorso maggiore. Aveva comunque dovuto partecipare allo smaltimento del corpo. Il cadavere di un ragazzino livido, magro, dentro il grembo di un bidone di acido.

Di sicuro, almeno per un poco, non avrebbe piú rimesso piede nel maledetto bunker.

Aveva un nuovo incarico, doveva andare a Bologna a far fuori l'ennesimo venduto. Avrebbe avuto a disposizione armi e persino un lanciamissili. Non vedeva l'ora di partire. Anni dopo avrebbe ricordato: – Pur di non pensare, avrei sterminato mezzo mondo.

All'alba, un bagliore umido e spettrale illuminò il cielo. L'altro sicario, quello che doveva accompagnarlo, venne a prenderlo alle cinque del mattino, in macchina, e allora partirono per il viaggio, verso il bagliore a oriente, verso l'illusoria striscia chiara, color amnesia, dell'orizzonte.

∞

«Quando il dottore tornò da me, un paio di giorni dopo, disse che voleva portarmi in un posto. C'era una scala, qualche porta dopo la mia stanza. Lui aveva la chiave. Sul tetto piatto della torretta c'era un grande terrazzo, gli inservienti ci avevano steso ad asciugare le lenzuola. File di lenzuola che ondeggiavano al sole, pulite, come le quinte di un teatro magico e bianco».

Si aggirarono sul terrazzo perdendosi e ritrovandosi tra le lenzuola, mentre l'alito caldo di Roma soffiava loro addosso.

Lui le chiese se quel posto le piaceva e Silvia ammise di sí. Era un posto lontano dal mondo.

– Ho capito perché pensi che sia diventato un supereroe, – annunciò il dottore. – Perché nei fumetti succede cosí, vero? Chi entra in contatto con sostanze tossiche o chimiche o radioattive acquista dei superpoteri. Lui è finito nell'acido e anziché sciogliersi è rinato come supereroe.

Silvia non disse nulla. Certo, era questo il punto. Era finito nell'acido ed era rinato come supereroe.

Si spinse tra le lenzuola ondeggianti, nascondendosi dal dottore, il vento che spirava piú intenso.

– Quello che invece non capisco, – continuò la voce di lui, – è perché non puoi lasciarti tutto alle spalle. Puoi crescere. Puoi liberarti di questa ossessione, di tutto questo male. Puoi diventare una donna libera.

– Mai, – sussurrò lei.

– Non è colpa tua se è morto in un bunker. Se si sono disfatti di lui in quella maniera. Tu devi andare avanti.

– Mai.

– Sembri convinta di meritarti questa agonia. Vorrei proprio sapere perché.

Lei si ritirò ancora, verso il bordo della terrazza, da dove osservò le lenzuola agitarsi.

Di nuovo, le ricordarono le quinte di un teatro. Quindi pensò che in fondo, in un certo modo, questo non era un posto nuovo: da tanto tempo lei si trovava qui, esattamente qui, dietro le quinte della vita. Dietro le quinte della realtà.

Lui la raggiunse. Il vento caldo gli scostava i capelli dalla fronte. – Silvia, non parli mai della tua famiglia. Non parli mai di tuo padre.

Lei respirò forte. Gli psicofarmaci la lasciavano come al solito stordita.

– Non posso, – gemette. Non poteva parlarne. Non voleva. Preferiva stare lí, preferiva starci in eterno, dietro le quinte fluide della realtà.

Non aveva deciso di finirci. Ci era finita suo malgrado, dietro quelle quinte. Ci era finita come tante persone, anche le piú dotate, anche le piú intelligenti, uomini e donne trascinati dalla deriva incontrollabile che spinge certi esseri umani, un giorno dopo l'altro, a sparire davanti a se stessi.

Preferiva stare nel vento caldo, privo di parole. E invece iniziò a parlarne. Non subito, naturalmente.

Fu una cosa lenta, servirono molti colloqui, serví che lui diminuisse i farmaci e la guidasse in una serie di sedute con la tecnica del sogno lucido, in stato di semi-ipnosi. Serví che Silvia iniziasse a lavorare al suo libro, su incoraggiamento di lui.

Poco alla volta la storia iniziò a comporsi. Tutte le stranezze della sua famiglia. Gli sguardi di complicità di Daniele, il compagno di scuola spaccone, che proveniva da una famiglia come quella di lei. Una famiglia di collusi con la mafia. Certi adulti sapevano piú cose di altri. Certi adulti erano coinvolti. Il padre di Silvia lavorava per un'impresa edilizia e per anni aveva trafficato con taniche piene di liquido incolore. L'oro liquido di quegli anni. Lei non aveva la certezza assoluta che l'acido servito per il ragazzino fosse venuto da suo padre, ma sapeva che quasi di sicuro lo era. Sapeva. Era cresciuta sapendo. Era cresciuta con la coscienza che il mondo intero fosse edificato sopra una pozza di acido, pronto a sciogliere il senso di ogni cosa, di ogni legame e di ogni esistenza.

∞

Anche se molti di loro non erano vecchi, quella era la fine di una generazione di mafiosi. Troppo ambiziosi, troppo imprudenti, autori di gesti troppo eclatanti, rapimenti di bambini, bombe disseminate per mezza Italia, trattative bellicose con i poteri dello Stato... La mafia aveva bisogno di uno stile piú sobrio, di curare meglio le relazioni con la politica. I tempi cambiarono.

Il primo a venire arrestato fu lo Zio Franco, nel 1995. Oltre all'ergastolo per la strage di Capaci, ne collezionò uno per il rapimento del ragazzino e una manciata di ergastoli per ulteriori crimini.

L'anno successivo toccò allo Scannacristiani. Lo trovarono in una casetta dalle parti di Agrigento, mentre cenava tranquillo con la sua compagna, con il figlio, con il fratello e altri familiari. Stavano guardando in televisione un film di mafia.

Lo Scannacristiani all'inizio finse di pentirsi, offrendo informazioni false per depistare gli inquirenti.

Quindi collaborò sul serio. Proprio lui diventò un pentito. Grazie a questo, godette di periodiche uscite dal carcere per trascorrere giorni con la famiglia in una località protetta. Infine, l'uomo responsabile di un numero imprecisato tra i cento e i duecento omicidi fu scoperto a usare un cellulare contro il regolamento, e su un cellulare la legge non poteva certo chiudere un occhio. Le uscite furono revocate.

Durante uno dei vari processi, ci fu un momento di speciale tensione.

Lo Scannacristiani si trovò nella stessa aula con Mezzonaso. Mentre gli agenti stentavano a trattenerlo, Mezzonaso scattò, afferrò il microfono con cui avrebbe dovuto testimoniare e lo lanciò contro lo Scannacristiani. Urlò una serie di insulti contro il padrino-rapitore responsabile della morte del figlio. – Mettetegli la testa nella merda, – gridò in lacrime. – Oppure mettetemi in cella con lui.

Quanto a Mezzonaso, sarebbe stato rilasciato nel 2002. Aveva fatto anni da collaboratore, si era comprato la libertà. Tornò a vivere sull'isola nel vecchio paese. Si mise a fare l'agricoltore. La gente per strada non lo salutava, ma lui sapeva che nessuno lo avrebbe toccato. Aveva già pagato con la vita del figlio.

Chi altro restava, di quella banda di orchi? Il fratello dello Scannacristiani era stato preso durante quella stessa cena ad Agrigento. Iniziò a collaborare e guadagnò gli arresti domiciliari. In seguito venne preso anche il Chiodo. Collaborò.

Il Pelato, il capo dei finti poliziotti che avevano rapito il ragazzino dal maneggio, venne preso nel 1997. Era coinvolto nei peggiori fatti di mafia degli ultimi anni. In carcere si convertí a Dio e studiò teologia, un bel percorso vecchio stampo di redenzione. E ovviamente iniziò a collaborare. Alla fine, accuserà di collusione con la mafia importanti personaggi, compreso un ricco Capo del Governo. Per il rapimento del ragazzino, invocherà pubblicamente perdono.

∞

Silvia lasciò la clinica nell'ottobre del 2001, dopo quattro mesi di ricovero. «Non ci fu un vero e proprio saluto tra me e il dottore. Il giorno delle mie dimissioni era il suo giorno libero».

Lasciò per lui la bozza di una tavola a cui stava lavorando, quella in cui raccontava di quando lui l'aveva riportata in camera e le aveva cantato quella sorta di ninnananna. Sembrava già passato tanto tempo. Nei disegni, la luce della luna entrava dalla finestra e rischiarava la faccia del dottore, rendendola luminosa e quasi abbagliante, con la sua aria da ragazzo troppo cresciuto, il ciuffo ribelle sulla fronte.

Loredana venne a prenderla in macchina con un amico, un ragazzotto simpatico di nome Manuel.

A casa, cucinarono una pasta e brindarono con un vino preso in un emporio di pakistani e ogni sapore sembrava nuovo sulla lingua di Silvia. Ritrovò la sua vecchia stanza e anche se tutto era rimasto identico lei si guardò intorno con meraviglia, con lo stupore di un essere appena reincarnato.

In clinica, si era lasciata allungare i capelli e aveva messo un paio di chili. Aveva una pienezza mai avuta prima, un aspetto piú maturo. Un aspetto da donna.

«Non che fossi sicura di essere guarita. Non sapevo neppure cosa volesse dire di preciso *guarita*. Ero diversa, di questo ero certa, anche se per il mondo continuavo a chiamarmi Silvia, anche se la mia faccia era invecchiata di appena pochi mesi. Mi ero spezzata e mi ero riaggiustata. Non ero come prima. Dietro di me stava l'immensità di ciò che avevo perduto, stava la mia giovinezza, la mia solitudine, davanti a me un'altra immensità che ancora non conoscevo. Andavo da un'immensità all'altra, era questa la mia storia, ed era questa la storia che volevo raccontare».

Dentro la borsa con cui era tornata dalla clinica c'era già una buona metà del romanzo a fumetti a cui stava lavorando. Il libro era diventato il suo scopo.

Ci lavorò per il resto dell'inverno. Pagava la sua parte di affitto con i risparmi che avrebbero dovuto servire per il secondo anno della scuola di fumetto. Ormai, aveva deciso di fare a meno della scuola. Ciò di cui aveva bisogno era completare il libro.

Due giorni prima di Natale, Loredana le annunciò di essere innamorata di Manuel e che lui sarebbe venuto a vivere con loro. Le due amiche si abbracciarono. Fu un bel Natale.

Tempo prima, Manuel aveva fatto uno stage in una casa editrice e aveva qualche contatto. La prima bozza del lavoro di Silvia finí sul tavolo di un piccolo editore specializzato in romanzi a fumetti. Il resto fu miracolosamente facile. Alla fine della primavera del 2002 il libro uscí e alcuni critici lo notarono e Silvia fu persino invitata a una trasmissione televisiva, anche se lei preferí non andarci.

∞

Quanto al Tedesco, fu arrestato come i suoi compari. All'inizio, a dire il vero, tentò una specie di fuga maldestra in Kenya, ma fu acciuffato e condannato. Come i suoi compari, iniziò a collaborare. Grazie a questo ebbe gli arresti domiciliari in una località fuori dall'isola.

Ci tornò, sull'isola, per aiutare gli inquirenti a ricostruire la vicenda del rapimento. Portò i poliziotti a vedere il bunker. Il meccanismo di apertura era fuori uso e i poliziotti scavarono una giornata prima di riuscire a entrarci. Era ancora lí, con le stanze sotterranee, la cella blindata dove il ragazzino era morto. La brandina dove aveva dormito. Il Tedesco si aggirò nel bunker vuoto. Ascoltò l'eco inutile dei propri passi.

L'intera area dov'era situato il bunker, una zona verde appartenuta a mafiosi, fu confiscata e affidata a una cooperativa. Ci sorse un Giardino della Memoria. Scolaresche e visitatori possono tuttora andare a vedere il posto dove il ragazzino fu detenuto e ucciso. Sulla brandina ci sono spesso dei fiori.

∞

UN CAVALIERE BIANCO era il titolo del libro. Iniziava con una sequenza fissa di una finestra che si accendeva e spegneva, una sequenza misteriosa in un bianco e nero iperrealista, struggente e quasi horror.

La storia autobiografica di Silvia si mescolava con quella del ragazzino e dei suoi rapitori. Il ragazzino finiva nell'acido e risorgeva, diventava il Cavaliere Bianco, vegliava su di lei e lavorava nell'ombra per mettere la polizia sulle tracce dei suoi rapitori. Realtà e fantasia si intessevano come i fili di un tappeto. Singoli colori si infiltravano a momenti nel bianco e nero dominante, pagine con dettagli colorati di rosso, pagine virate in un enigmatico azzurro, presenze cromatiche che si affacciavano e se ne andavano senza dare spiegazioni, come spettri silenziosi.

C'erano parti metanarrative che raccontavano la nascita del romanzo stesso. In un capitolo, si vedeva la scena del dottor Aurenti che si commuoveva guardando i ritratti del Cavaliere Bianco. La lacrima che gli scivolava dal viso si allargava fino a diventare un mare e dentro il mare… Dentro il mare c'era l'isola. Quella che lei aveva lasciato.

Nonostante il successo, il romanzo era abbastanza psichedelico da non attrarre le attenzioni della magistratura. Le rivelazioni sulle collusioni di suo padre non ebbero conseguenze e lui non fu mai incriminato.

Dall'uscita del libro, Silvia non vide né sentí mai piú nessuno della sua famiglia. Non suo padre e neppure sua madre.

∞

Una sera, Silvia dovette andare a una premiazione. Continuava ad amare poco la parte sociale del suo nuovo lavoro di autrice, le interviste e gli incontri e tutto il resto. Ma il libro aveva vinto un premio e non poteva sottrarsi. Sul palco, un giornalista decrepito le fece i soliti complimenti banali perché aveva solo ventun anni e perché aveva talento, come se le due cose messe insieme dovessero provocare chissà quale stupore. Silvia si guardò intorno impaziente e allora, tra il pubblico, riconobbe una faccia familiare.

Dopo la premiazione lui si avvicinò e aspettò il proprio turno per venire a parlarle.

– Non mi hai mai firmato la tavola che mi lasciasti alla clinica, – sorrise il dottor Riccardo Aurenti. Portava un paio di jeans e delle scarpe da ginnastica abbastanza scalcagnate da farlo sembrare, piú che un rispettato dottore, un ragazzotto appena uscito dalle prove con la sua rockband. – E vuoi sapere una cosa? – continuò a sorridere, accennando alla copia del libro che teneva in mano. – Ho l'impressione che mi hai disegnato piú bello di quel che sono.

Scoppiarono entrambi a ridere. Lei non lo aveva mai visto senza camice e fissò lo sguardo sulla t-shirt di lui, sull'ampiezza del suo petto, come perdendosi in una riposante distesa. Una fila di lettori aspettava di farsi firmare il libro e li osservava senza fiatare, chissà, forse riconoscendo in lui un personaggio del libro.

Furono cauti. Uscirono insieme quasi un mese prima di scambiarsi un bacio, il primo bacio nella vita di Silvia.

Nello stesso periodo, lei decise di lasciare la giusta privacy a Loredana e Manuel. Fu cosí che un venerdí pomeriggio Riccardo l'accompagnò a vedere un paio di appartamenti e mentre rientravano, visto che erano nelle vicinanze, le propose per la prima volta di fare un salto da lui.

Viveva in un bilocale accogliente. La tavola a fumetti di Silvia era incorniciata e appesa a una parete.

C'erano libri e una collezione di compact disc. Riccardo mise *Live through this*, l'album che la vedova di Cobain aveva pubblicato dopo la morte del cantante.

Stava calando la sera, una sera di un autunno afoso. Roma era una grande creatura accaldata e dalla finestra entrava il suo fiato. Nessuno dei due mostrò l'intenzione di accendere la luce nella stanza. Si cercarono nella penombra, respirando forte, impacciati, toccandosi con dolcezza, baciandosi con urgenza. Crollarono sul letto e lui le chiese se era sicura. Le chiese come si sentiva.
– Sei guarita?
– Credo di sí.
– Non pensi piú che lui sia là fuori a fare il supereroe, vero?
– No, – concesse lei. Ripresero a baciarsi e Silvia decise di lasciarsi andare e il suo corpo sembrava sapere cosa fare. Lei osservò quello che stava capitando e le sembrò una scena meravigliosa, terribile, la scena che non aveva mai pensato di vivere.

Riccardo le stava sopra e le gridava di amarla e il suo sudore le cadeva addosso in gocce minuscole, benedette, pungenti come schegge di vetro, e fu allora che lei girò la testa e osservò lo spicchio di cielo alla finestra e lo vide. Gli lanciò un saluto sottovoce. Il ragazzino se ne stava andando. Se ne andava via sul suo cavallo di vento, solitario, senza voltarsi, perché ormai sapeva che era tempo di lasciarla e di inoltrarsi, davvero, nella straziante libertà del cielo.

# Un ragazzo fantasma

È un ragazzo che cammina nella notte, se ne va verso casa e ha riccioli scuri, sopracciglia folte sopra due occhi dello stesso colore scuro. Ha diciotto anni quando viene l'alba di una domenica, nel settembre del 2005. Sta tornando verso casa. Secondo le testimonianze che gli amici faranno in seguito, si è appena separato da loro dopo una notte trascorsa insieme.

Forse è un poco su di giri, forse per qualche motivo si mette a gridare o magari a cantare, chissà, e in fondo non è forse un'alba bellissima, umida e incantata?

In questo periodo sta studiando per prendere la patente, ha un lavoro part-time di consegna pizze a domicilio. Va a scuola. Non ha precedenti con la legge. Ha una madre e un padre, un fratello, un cane, dei nonni, una manciata di ottimi amici. Intorno c'è Ferrara, una città protetta da mura antiche, un posto dall'aspetto pacifico, spesso nebbioso... Qualcuno chiama la polizia per dire che giú in strada c'è un tizio che fa rumore. La polizia non tarda ad arrivare. Due pattuglie. In tutto quattro agenti.

∞

Gli agenti arrivano in quella strada, a pochi metri dal cancello del vecchio ippodromo. Non è facile ricostruire di preciso cosa accade subito dopo. La città dorme oppure finge di dormire, c'è ancora poca luce, gli alberi nascondono in parte la vista.

Non è facile ricostruire. Accade nella pacifica città nebbiosa, nell'alba umida e incantata. Quando arriva l'ambulanza, mezz'ora dopo, la scena è quella di un ragazzo steso sull'asfalto, a faccia in giú, i polsi ammanettati dietro la schiena.

Ha perso una scarpa. Il corpo è pieno di contusioni. Dai riccioli scuri gocciola sangue.

Una dottoressa e il suo assistente tentano con un defibrillatore e un'iniezione di adrenalina, tutto inutile, troppo tardi. In seguito si scoprirà che gli agenti stessi erano dotati di un defibrillatore, in macchina. Non hanno ritenuto di usarlo.

Non è facile ricostruire, per nulla, anche se i lividi e le ferite sul corpo parleranno con una certa eloquenza. Parleranno come una mappa dolente. La testa spaccata, le abrasioni, le mani graffiate dall'asfalto, la pelle contusa in modo mostruoso. Il testicolo schiacciato.

Anche l'autopsia parlerà. Dirà di un ematoma vicino al cuore, di probabile origine traumatica, per quanto la morte sia stata tecnicamente per anossia postulare. In pratica è morto soffocato.

Dev'essere per questo che le scarse, timide testimonianze dicono di aver sentito un ragazzo che invocava «aiuto», «basta», «non respiro».

Muore cosí. Muore invocando «basta», soffocando, ammanettato e sbattuto a terra fino a crepare in mezzo a una strada.

Un ragazzo. Quattro agenti intorno a lui, tre uomini e una donna, tutti adulti, con l'età per essere i suoi genitori.

In seguito si scopre anche la faccenda dei manganelli rotti. Un pestaggio cosí violento da causare la rottura di due manganelli. I manganelli sono stati nascosti, riemergono solo in un secondo momento, ripuliti da ogni traccia di sangue: secondo gli agenti, li ha spezzati il ragazzo con un calcio e cadendoci sopra. Cosí dicono. Ci è caduto sopra. Manganelli di gomma nera, spezzati all'altezza del manico.

∞

La scena sembra succedere all'infinito. Basta chiudere gli occhi e succede di nuovo. Una brezza fresca spinge masse d'ossigeno verso i confini della città addormentata, la pianura respira assorta. Nel piccolo parco sulla strada dell'ippodromo, i rami dei salici frusciano come indignati. Lui ha diciotto anni. Ha i riccioli scuri. Cammina verso casa al termine di una notte con gli amici. Nella luce sognante e appena argentata dell'aurora, si accorge del bagliore blu dei lampeggianti. Quattro persone in divisa gli stanno venendo incontro. La scena sembra succedere all'infinito. Non c'è modo di fermarla o cambiarla. Vorremmo proteggerlo, dirgli di scappare. Sta per essere manganellato e ammanettato e sbattuto a terra fino a quando la sua faccia si farà livida per l'asfissia. La sua vita sta per finire, ormai lo sappiamo, proprio adesso, in mezzo a questa strada. Ma la sua storia può finire in questo mattino?

∞

La prima cosa di cui si accorse fu che i lampeggianti delle auto di servizio sfumavano ormai nell'aria piú chiara. Anzi, la prima cosa di cui si accorse fu che l'aria si era fatta pastosa, come un gel trasparente, e che la luce gli scorreva intorno come una densa corrente. Tutto era denso intorno a lui. O forse era lui a essersi fatto leggero, visto che ormai non aveva piú corpo.

Era cosí, dunque. Il ragazzo osservò la scena da qualche passo di distanza.

Vide i poliziotti esitare, smettere uno dopo l'altro di manganellare, restando a guardare il corpo immobile ai loro piedi.

Vide le loro facce incredule, stupite, come bambini che capiscono di aver rotto un giocattolo.

Nelle palazzine intorno qualche finestra si era accesa.

I poliziotti sussultarono e quindi assunsero un'aria professionale, distante, da attori consumati.

Il sole sorgeva muto, là in fondo, poco piú di un riflesso color pesca. Sorgeva muto mentre il tepore del mattino si diffondeva, timido, sfiorando appena il corpo sull'asfalto.

Il ragazzo si avvicinò. Si chinò a guardare, con meraviglia, la testa abbandonata contro l'asfalto, il volto pieno di lividi. I riccioli imbevuti di sangue. La maglietta era rimasta un poco sollevata, svelando la carnagione chiara di un fianco. Il ragazzo sfiorò la pelle fredda. Era proprio cosí. Era il suo cadavere, quello.

– E adesso? Cosa accade adesso? – sussurrò il fantasma, sdraiandosi accanto al cadavere e tenendolo stretto.

Nel giro di poco il giorno fu alto. Oltre all'ambulanza, una piccola folla era giunta nel frattempo, altre pattuglie, altri agenti in divisa, ufficiali in borghese. L'imboccatura della via era stata chiusa con una striscia di nylon a righe bianco-rosse.

C'erano facce indifferenti, altre piú costernate: un ragazzo cosí giovane, morire in mezzo a una strada.

Da qualche parte un cellulare squillava. Il sole era alto e ancora nessuno si era deciso a gettare un lenzuolo sul corpo.

– E adesso? – Il fantasma del ragazzo era ancora lí. Si mise a girare tra le persone, incerto, sempre piú meravigliato, aggrappandosi alle loro braccia, sfiorando le loro mani. Sentiva il calore sconvolgente della loro pelle. Sentiva persino il battito nei loro petti.

Le ombre degli alberi strisciavano sull'asfalto. C'era sempre il suono di quel cellulare, e nessuno che avesse il coraggio di rispondere.

Il ragazzo raggiunse i suoi assassini, impegnati a confabulare dietro a uno dei veicoli di servizio. Barcollò tra i quattro e crollò addosso a loro. Era difficile capire cosa provassero, se fossero dispiaciuti, o almeno un poco storditi. Difficile, anzi impossibile capire perché mai avessero perso la testa in quel modo.

Afferrò i loro visi. Afferrò i visi dei suoi assassini, troppo confuso per provare alcun odio, desiderando soltanto che loro lo sentissero.

– Sono qui, sono davanti a voi! – Gli sembrava assurdo che nessuno si accorgesse di lui. Avrebbe voluto che sapessero questo, che lui era qui, tuttora, e non sapeva cosa fare, e non sapeva dove andare.

∞

Secondo il racconto che faranno i genitori, il campanello suona verso le undici di mattina. Suona finalmente, dopo che si sono tormentati per ore, inquieti, angosciati, chiedendosi dove sia il figlio e perché non sia tornato a casa. Non ha mai fatto cosí tardi. Mai sparito senza avvertire.

La luce del giorno è cresciuta contro le finestre, con il suo riflesso color diamante, ed è strano quanta paura possa fare la luce, in certe situazioni, molto piú di qualsiasi buio.

La madre ha chiamato al telefono del ragazzo, piú volte, lasciando squillare a lungo. Ha mandato messaggi.

È domenica, un mattino di tardo settembre, e questi sono gli ultimi attimi di inconsapevolezza, poco prima di sapere per sempre: una famiglia in pena, convinta che il figlio si sia smarrito. Eppure convinta che stia per tornare.

Il campanello suona. Ha suonato, ecco, ma non è il ragazzo che ha ritrovato la strada di casa. Si tratta di un vecchio amico di famiglia.

Studiano quel viso familiare. È un ispettore di polizia, un tipo onesto che non ha nulla a che fare con l'accaduto. Come scopriranno presto, è stato per un sopralluogo vicino all'ippodromo, ha riconosciuto il corpo e si è preso l'incarico di avvertire la famiglia.

Lo accompagnano un paio di agenti, anche loro estranei ai fatti. Hanno l'aria di sentirsi a disagio.

La madre studia quel viso con terrore. Non è un sogno. Non è neppure la scena di un film. Il marito è pallido quanto lei, e allora restano accanto, il padre e la madre, pallidi e muti, come controfigure sul punto di gettarsi nel vuoto.

Sono entrambi abbastanza giovani. Lei un'impiegata, lui un vigile urbano, persone normali. Mentre aspettano la notizia, appaiono talmente indifesi.

Dev'esserci luce gelida che entra dalla porta, e particelle di polvere a galleggiare in quella luce, immobili, sospese.

Commosso, l'ispettore farfuglia quel poco che sa, la storia approssimativa che a lui stesso è stata raccontata, la versione imbastita dai quattro agenti coinvolti. Il ragazzo era forse sotto effetto di stupefacenti. Il ragazzo sembra essersi ferito da solo...

∞

La sua storia non era finita, e questo era già abbastanza sorprendente, nessuna luce bianca lo aveva inghiottito, nessun buio confortevole: la realtà era la stessa di prima, solo molto piú vivida. Piú vivida, proprio cosí. I colori erano emanazioni da quadro impressionista e lievi correnti facevano tremolare le superfici, le case, le strade. Il mondo era lo specchio di un lago increspato. Sorprendente, sorprendente, continuava a ripetersi il ragazzo, mentre camminava verso casa.

Arrivò in contemporanea con l'ispettore amico di famiglia. E quindi assistette all'annuncio della propria morte.

Guardò la brezza gonfiare le tende alle finestre, l'intera scena sembrava ondeggiare.

Avrebbe voluto scusarsi con sua madre per non aver risposto al telefono, accidenti, avrebbe voluto dirle qualcosa, parlarle con calma, scandire parole nell'orecchio di lei. Avrebbe proprio voluto. Ma era un fantasma, impossibile farsi sentire.

Sua madre si rifugiò in bagno, dove si sciacquò la faccia piú volte, con una specie di urgenza.

E il ragazzo le restò vicino, a pochi centimetri, accanto al lavandino, mentre il rubinetto sputava ancora il suo getto trasparente. Osservò con amore quel viso bagnato. Se solo lei avesse potuto rendersi conto... – Sono qui, sono qui accanto a te!

Affondò il viso contro il corpo di lei. Sentí il suo odore tiepido e dolce, odore umido, odore di madre. Provò a tenerla stretta in un abbraccio, per calmarla, per consolarla, per farla smettere di singhiozzare, per farle comprendere che non era sola. Provò a stringerla ma non ci riusciva.

∞

«Lo abbiamo bastonato di brutto». Sempre in un secondo momento, a fatica, riemerge una trascrizione incompleta di un dialogo di quel mattino, via cellulare, tra uno degli agenti e la centrale. «Lo abbiamo bastonato di brutto», dice l'agente nella telefonata.

Eppure, nel loro resoconto ufficiale dicono che il ragazzo è stato fermato per un controllo mentre passeggiava nell'alba.

Dicono che fin da subito è apparso in stato di agitazione. Probabile che tornasse da qualche festino sospetto, probabile fosse sotto gli effetti di droghe. Mai vista una simile furia, si è scagliato contro di loro, non c'è stato modo di fermarlo! Si è fatto del male da solo! Loro hanno provato ad aiutarlo, mentre quello prendeva a testate i pali della luce!

Cosí raccontano i quattro agenti, che il ragazzo è morto per aver preso a testate i pali della luce. Si è ridotto in quel modo da solo.

Cosí raccontano, e ci saranno persone pronte a crederci, oppure a fingere di crederci. Nelle settimane successive, anzi nei mesi, anzi negli anni, ci saranno colleghi e superiori pronti ad accettare questa versione, e a proteggere i quattro agenti.

∞

Voleva salutare il vecchio corpo, andò a vedere l'autopsia. Non fu facile infilarsi all'istituto di medicina legale, per nulla facile, in effetti c'era da mettersi a ridere ripensando alle classiche fantasie sui fantasmi, come quella storia che fossero capaci di passare a piacimento attraverso porte e pareti. Che sciocchezza. Non si faceva mica cosí presto.

Porte e pareti restavano un ostacolo, e per raggiungere il laboratorio delle autopsie lui dovette aspettare di seguire un medico dall'aria assonnata, che camminava sorseggiando un caffè da un bicchiere di plastica.

Superò assieme a lui una serie di porte. Soltanto dopo vari passaggi sentí venirgli incontro l'odore della formaldeide.

Il laboratorio era freddo. Il suo corpo era lí, steso sopra un tavolo d'acciaio, mentre una fila di finestrelle lasciava entrare la luce del sole autunnale.

L'odore del caffè del medico si mescolava a quello della formaldeide e a quello del corpo stesso. Il ragazzo si avvicinò. Un leggero gonfiore conferiva al corpo qualcosa di morbido, quasi infantile.

Sfiorò la superficie di quella pelle. Sfiorò con dolcezza la forma dei piedi, delle gambe, sfiorò il sesso addormentato per sempre. Il petto e le spalle striate dai lividi. Il corpo immobile gli sembrava un vecchio amico, qualcuno a cui cercare di infondere coraggio. Gli carezzò la testa mentre i dottori si avvicinavano.

Erano in tre e sembravano muoversi con particolare delicatezza. Infilarono piano i guanti di lattice. Uno dei dottori sfiorò il cadavere, seguendo con un dito il contorno di un livido: – Cosí giovane, – commentò. – Un ragazzo cosí giovane.

L'odore del caffè ristagnava nell'aria. La luce dalle finestrelle era bianca e perfetta.

118

I medici iniziarono a esaminare il corpo e ad elencare le contusioni esterne, quindi passarono alla dissezione.

Piú tardi, quando tutto fu finito, il fantasma si ritrovò fuori, nel pomeriggio tiepido, sul marciapiede spazzato dall'aria. Se avesse potuto respirare, sarebbe stato il momento di un profondo sospiro. Non si sentiva male. Si sentiva scosso, eppure pieno di un solenne senso di compimento. È accaduto, disse a se stesso, ho detto addio al mio vecchio corpo. Non visto, non sentito, si allontanò sfiorando i passanti sul marciapiede. E adesso, cosa farò adesso?

∞

Ecco cosa fa la questura: convoca gli amici del ragazzo, piú volte. Li interroga per far loro ammettere che il ragazzo era un tossico. Il ragionamento pare evidente... Se si riesce a provare che quel tipo era un povero tossico, la sua morte provocherà molta meno impressione.

Il ragazzo era un pacifico diciottenne che ogni tanto aveva provato qualche sostanza, d'accordo. E con questo?

Gli esami sul cadavere cercano tracce di ogni possibile stupefacente, anche sostanze esotiche e mai sentite, nel tentativo di provare che la respirazione è cessata per l'effetto di qualche droga. Non è cosí. A giudizio di numerosi periti medici, non ci sono tracce tali da confermare questa ipotesi.

Gli amici intanto restano inquieti, inconsolabili.

Uno di loro va a cercare sul luogo della morte, presso il cancello del vecchio ippodromo. Cerca su ogni muro, su ogni palo della luce, contro ogni albero, e non trova tracce di sangue.

Molto strano. Gli agenti non hanno detto che il ragazzo si è ferito da solo, sbattendo come un matto la testa da ogni parte?

Ripensano all'ultima notte con lui. Sembrava una notte come altre e invece adesso resterà per sempre nella loro memoria.

Erano in cinque quella notte, tre ragazzi e due ragazze, erano andati in macchina fuori città. Sulla strada del ritorno il ragazzo si è fatto lasciare dalle parti dell'ippodromo. Aveva voglia di fare due passi fino a casa. Sorgeva l'alba e la città addormentata appariva calma, persino protettiva. Stavano tornando a casa dal loro sabato sera, niente di piú, perché erano ragazzi e questo era ciò che i ragazzi facevano, in quella parte di mondo, da piú di una generazione: uscire il sabato, incontrarsi, tentare di spremere qualche goccia di intensità da un'epoca sempre piú arida.

Erano tutti intorno ai diciotto anni. Erano amici. Avevano avuto l'avventura di trovarsi a vivere nello stesso tempo, nello stesso luogo, e di riconoscersi l'uno con l'altro. Tornavano dal sabato sera e raggiungevano le loro case, si mettevano sotto le coperte, sprofondavano in un sonno ignaro. Tutti tranne uno.

Il loro amico. Il ragazzo che voleva passeggiare verso casa è finito massacrato, il corpo sfigurato.

Sulla vicenda, nel frattempo, la stampa locale riporta notizie contrastanti. La versione piú accreditata rimane quella del tossico morto per gli effetti di qualche sostanza. I giornali si adeguano alla campagna denigratoria contro il ragazzo, contro i suoi amici e contro la famiglia, appena questa comincia a chiedere chiarezza.

Quando un quotidiano locale si azzarda a dare qualche dettaglio in piú sulle condizioni del corpo, sollevando velati dubbi sui fatti, la questura interviene per intimidire la redazione.

Ferrara è questo, ora. Una città divisa, una città che vorrebbe avvolgersi nella sciarpa del torpore, come sempre, mentre avanza l'inverno freddo. Eppure sotto la sua pelle serpeggiano dubbi, ancora troppo cauti, esitanti, come i primi brividi di un'imbarazzante febbre.

∞

In quei giorni, il ragazzo tornò piú volte al cancello dell'ippodromo. Qualcuno aveva lasciato dei fiori, la macchia di sangue sbiadiva sull'asfalto. Qui, era successo proprio qui, gli alberi sulla strada pulsavano e ondeggiavano, come a salutarlo. L'autunno li aveva resi gialli e di un rosso infuocato.

In quei giorni andò anche a trovare i vecchi amici. Andò a trovare ognuno di loro. Li abbracciò, sussurrò parole d'affetto nei loro orecchi, senza riuscire a farsi sentire.

Per il resto vagabondava per la città. Se ne andava in giro meravigliato, qualche volta persino divertito: insomma, non smetteva di chiedersi, chi se lo aspettava che essere un fantasma fosse cosí? Chi se lo aspettava che morire fosse questo?

Il tocco del sole autunnale, l'odore della nebbia: ogni sensazione lo trafiggeva e gli regalava una scossa.

Girava per la città, si mescolava ai vivi, e fuori dai bar ascoltava la gente parlare di lui, il diciottenne morto, quel tizio fermato dalla polizia e crepato in mezzo a una strada. Ascoltava. Non sapeva cos'altro fare.

Sperava che la verità sulla sua morte fosse chiarita, questo era ovvio, e che la violenza dei quattro poliziotti fosse riconosciuta.

Quando il giorno calava ripiegava verso casa, dove restava a guardare da fuori, sul prato, le finestre illuminarsi nella sera, e l'ombra di sua madre muoversi dietro una tenda.

Sperava anche di riuscire a salutare la sua famiglia. Non aveva ancora trovato il modo. Le sere erano fredde e pacifiche. Lassú, nel cielo notturno, aerei di passaggio sorvolavano la pianura, remoti, indifferenti, schegge di luce nella volta scura.

Sperava di salutare i suoi, questo sperava, e quindi di riuscire ad andarsene, migrare altrove, qualunque fosse ora il suo posto.

Era stufo di vagare. Stufo di attendere in questa incertezza. Se solo qualcuno fosse venuto a dargli un segno... Se solo qualcuno gli avesse portato un messaggio, e fosse venuto a dirgli dove andare, finalmente, a suggerirgli una via d'uscita.

∞

Il padre scriverà che a lungo lui e la moglie hanno atteso un segno dai quattro agenti. Hanno atteso che almeno uno di loro venisse, dicesse qualcosa, fornisse un segno di umanità. Attendono, attendono questo, che almeno uno venga a spiegare com'è morto il ragazzo. Nessuno viene. Silenzio desolante.

I quattro agenti sono ancora in servizio, vengono solo trasferiti in altre zone. Continuano a pattugliare le strade.

Intanto, nella nebbiosa città, non si contano le stranezze nell'inchiesta. Ci sono prove manomesse, fotografie della scientifica che spariscono, testimoni che appaiono e poi misteriosamente ritrattano. Ci sono calunnie sul ragazzo, minacce anonime alla famiglia, intimidazioni. Ti ammazzano un figlio e si aspettano che tu stia zitto. Si aspettano che tu inghiotta docile il dolore.

∞

Si svegliavano di solito all'alba, trovavano il mondo muto e freddo. Si stavano abituando a ritrovarsi insonni, entrambi, alla prima luce del giorno. Poi veniva il momento di infilare i vestiti, uscire nel mattino e raggiungere il lavoro. La madre trovava stupefacente di essere ancora in grado di fare queste cose, aveva sempre pensato che non si potesse sopravvivere alla morte di un figlio.

Piú tardi, quella sera... Si fermò in un supermercato. Infilò una moneta nella fessura del carrello e lo spinse sotto i neon delle corsie.

Strizzò gli occhi, continuando a stupirsi che tutto questo fosse possibile: spingeva un carrello. Il suo cuore pulsava. Lei era rimasta in vita. Era il mondo intorno a essere morto, come disseccato, svuotato di ogni calore, di ogni possibile soffio.

In sottofondo la voce di una radio locale parlava di cose incomprensibili, di notizie politiche e di pettegolezzi e di un qualche show televisivo.

Quando il suo sguardo inquadrò la marca dei cereali preferiti del ragazzo, dovette fare uno sforzo per non allungare il braccio. Uno sforzo per non metterli nel carrello. Ecco il tipo di impulsi dai quali le sembrava di non poter guarire. Sarebbero mai passati?

Fu allora che intravide un paio di conoscenti, da lontano, i quali non la notarono o forse finsero di non notarla.

Per un momento ebbe la sensazione che se fosse caduta ora, sfinita, sul pavimento liscio, se fosse crollata lungo il corridoio di un supermercato, nessuno l'avrebbe aiutata a rialzarsi.

Fuori dal supermercato, la nebbia aleggiava densa, quasi levigata, emanando una luce di perla.

Lei attraversò il parcheggio. I fari di una macchina in movimento proiettarono sull'asfalto la sua ombra, una donna che camminava, sola, reggendo un sacchetto della spesa.

Pensò agli avvocati che avevano preso in carico il caso di suo figlio. Dicevano che si annunciava un caso duro. Ottenere condanne per degli agenti di polizia era un esito raro. Il processo, sempre che si fosse riusciti a ottenerne uno, sarebbe stato sfiancante. Sarebbe stato duro, certo, e i difensori degli agenti non avrebbero risparmiato colpi bassi, avrebbero gettato fango sulla memoria del ragazzo: l'assurda storia del tossico che si era ammazzato da solo e chissà cos'altro.

Sarebbe stato un massacro emotivo. I genitori erano abbastanza forti? Si sentivano di affrontare questo?

Il respiro le usciva con una traccia di affanno. Aprí il bagagliaio dell'auto e ci infilò la spesa.

Qualcosa la fece sussultare. Fu una sensazione inattesa, in apparenza senza motivo. Per un veloce attimo, le era parso di sentirsi sfiorare i capelli. Si girò di scatto. Altre macchine percorrevano il parcheggio e una coppia spingeva un carrello cigolante. Nessuno nel raggio di cinque metri.

L'odore della nebbia le scendeva in gola. Chiuse il bagagliaio e vide se stessa, sul vetro posteriore della macchina: il riflesso appannato di una donna ancora abbastanza giovane, ansante, una chioma di capelli scuri e mossi.

Restò a guardarsi. Si domandò la stessa cosa che avevano chiesto gli avvocati. Si domandò se fosse abbastanza forte. Si domandò se fosse in grado di resistere, in grado di sopportare fino in fondo quello che l'aspettava, il peso di questa lotta.

∞

Succede cosí. Una vicenda scomoda. Mentre continuano le controversie sul caso, i genitori si trovano isolati. L'imbarazzo dei conoscenti, dei colleghi, gli sguardi vaghi. Il gelo intorno. Non tutti hanno voglia di guardare in faccia ciò che è successo. Anzi quasi nessuno.

È solo una città di provincia, in fondo, troppo piccola per contenere grandi tragedie.

Un figlio è morto sull'asfalto, i polsi ammanettati, le mani graffiate, urlando inascoltato.

Non c'è rimedio a tutto questo. Non c'è limite a questa solitudine. La madre inizia a scrivere un diario in rete. «Scrivo queste righe per raccontare la storia di mio figlio Federico», comincia cosí. È solo una voce solitaria, la sua, nel grande mare di tutte le voci, eppure il suo diario attrae attenzione, ed è allora che il caso finalmente riecheggia sui media nazionali. Stampa. Alcune trasmissioni tivú.

Si sta muovendo dell'altro, intanto, anche a Ferrara. La famiglia non è piú del tutto sola. Gli amici e decine di altre persone hanno costituito un comitato per chiedere «verità e giustizia».

Gli studenti di un paio di scuole della città indicono assemblee per discutere del fatto.

C'è una fiaccolata, anche, al centro dell'inverno, la prima di tante fiaccolate e manifestazioni. È una colonna di fiaccole, soltanto questo, che attraversa la città in un commosso silenzio.

La polizia reagisce con furia. La storia del ragazzo sta sollevando troppo rumore. Il segretario nazionale di un sindacato di polizia indice una conferenza stampa in cui lancia violenti insulti a tutti coloro che si stanno muovendo per fare luce sulla vicenda. Li definisce «sciacalli». Tutti, compresa la famiglia del ragazzo...

∞

Venne un'altra alba e sembrò infiammarsi di colpo, senza preavviso, un fiore di lava che sbocciò all'orizzonte, allargandosi, brillando, prima di sfumare nell'azzurro di un terso mattino invernale. Per una volta, un mattino privo di nebbia.

Il fantasma si aggirava per le vie, come al solito, osservando il monotono, eppure vivo spettacolo umano, sfiorando le persone e il calore dei loro fiati. Scese un vicolo, sbucò nello spiazzo davanti alla facciata del vecchio Hotel Estense. E qui si fermò.

C'era una folla diversa nello spiazzo, una quantità di individui per lo piú giovani, maschi e femmine, che spingeva verso l'entrata dell'hotel.

Erano tutti agghindati, un groviglio di facce abbronzate e vestiti alla moda e capelli palesemente freschi di parrucchiere, per quanto nella folla non mancassero tizi piú dimessi, dall'aria piuttosto triste. La scena era buffa e patetica a sufficienza.

Erano i partecipanti alle selezioni locali di un reality

show. Il ragazzo ne aveva sentito parlare girando per le strade nei giorni precedenti. Sulle porte dell'hotel, dei cartelli con il logo di un famoso canale televisivo facevano pensare alle insegne di un esercito invasore, che avesse requisito l'edificio per farne la sua temporanea base.

Gli aspiranti venivano ammessi uno a uno dentro l'hotel, la folla premeva e la confusione era tale che alcuni poliziotti erano venuti in aiuto al servizio d'ordine all'entrata... Allora il fantasma trasalí. Se avesse avuto un corpo, avrebbe detto che un brivido lo aveva scosso.

Riconobbe una faccia. Era una faccia allungata, con capelli biondi che ricadevano ai lati della fronte. Riconobbe la linea delle spalle dell'uomo, i movimenti un poco arroganti. Certo che riconobbe. Come dimenticare? Sulla porta dell'hotel, c'era uno dei quattro che in un mattino di settimane prima lo avevano picchiato fino a fargli spillare sangue dalla testa. Dal giorno in cui era stato ucciso, era la prima volta che rivedeva uno dei suoi aguzzini.

D'impulso il fantasma avanzò, tagliando in diagonale lo spiazzo affollato.

Se la sua storia fosse stata un film o un vecchio romanzo di spettri, lui avrebbe dovuto andare fin da subito a caccia dei suoi assassini, per spaventarli a morte e ottenere vendetta. Ma non era un film. Non aveva idea di come spaventare qualcuno.

Continuò ad avvicinarsi. Voleva rivedere il poliziotto da vicino, solo questo, per spiare nei suoi occhi e capire cosa ci fosse: rimorso, confusione, inferno o chissà cosa. Voleva spiare nei suoi occhi.

Ma non lo raggiunse. Qualcosa di piú importante accadde mentre sgusciava, credendosi inavvertito, tra la gente nello spiazzo.

– Buongiorno –. Era una voce dall'accento strano.

E poiché lui non ci aveva badato e proseguiva la sua avanzata, la voce insistette: – Dico a te. Proprio a te, giovane fantasma.

∞

La gente che abita intorno al luogo del pestaggio rimane restia a parlare, quel mattino fatale continua a essere un buco nero. Fino a quando viene una svolta nell'inchiesta. Una testimone esce allo scoperto.

Si tratta di una signora straniera, camerunense, che quel mattino ha intravisto vari momenti della scena dalla finestra.

Nonostante abbia timore di perdere per ritorsione il permesso di soggiorno, si decide infine, incoraggiata da un prete con cui si è confidata, a dire quanto ha visto.

Nelle deposizioni, la testimone dice di aver visto gli agenti prendere il ragazzo per i capelli e sbatterlo a terra. Dice di averli visti montare sopra il ragazzo per tenerlo bloccato, schiacciarlo a terra con le ginocchia e con i piedi. Dice di aver sentito l'agente donna lamentarsi di aver preso un calcio dal ragazzo, che si agitava disperato, e che quindi l'agente donna ha ripreso a picchiare, assieme ai colleghi, con calci e manganellate.

Non del tutto a suo agio con la lingua italiana, la testimone mima decine di volte il gesto di manganellare. Mima il gesto del manganello verso il proprio corpo, verso ogni parte del corpo.

∞

Era successo, dunque. Lo stupore lo lasciò paralizzato. Dopo tanta solitudine aveva incontrato qualcuno come lui, era lí, accanto a lui, mentre intorno la gente ignara continuava ad accalcarsi nello spiazzo.

L'altro fantasma si presentò come Gustav e la sua voce era quella di un uomo adulto, una voce profonda, quasi baritonale, dotata di una buffa solennità. L'accento suonava tedesco.

A quanto pareva due fantasmi riuscivano a udirsi a vicenda, ma non per questo a vedersi. Gustav era invisibile quanto lui. In compenso, vista la sicurezza con cui si era rivolto al ragazzo, doveva essere in grado di percepirlo in qualche modo. – Impressionante quanto vibri, – spiegò con il suo accento secco.

– Vibro?

– Certo che vibri –. Gustav lasciò una pausa, durante la quale dovette avanzare di un passo, poiché la voce si fece piú vicina: – Vibri come un matto.

– Oh, – reagí lui con imbarazzo. – Chi sei? – aggiunse subito, trattenendo a stento molte altre domande.

– Ecco, come sempre, – si lamentò l'altro con tono annoiato. – I fantasmi fanno sempre troppe domande.

– Mi spiace, – si scusò il ragazzo.

Gustav emise qualcosa che somigliava a un sospiro e aggiunse, meno burbero: – Ti sento confuso, giovane. Non sembri molto esperto come fantasma.

– Non molto, – ammise lui.

– Ecco. Lasciami indovinare, – stava dicendo Gustav. – Vuoi andartene via. Lontano. Non sai dove, comunque senti che dovresti andartene. Però non puoi farlo senza prima salutare qualcuno.

– Come fai a saperlo? – trasalí il ragazzo.

– Ah, – fece l'altro riprendendo un tono un poco annoiato, come si trattasse di una storia fin troppo nota. – E dopo aver tanto girato, alla fine sei venuto dal vecchio Gustav. In effetti hai scelto il momento giusto. Ero in attesa di un giovane come te.

– A dire il vero sono qui per caso... – accennò lui. Gettò un'occhiata verso l'entrata dell'hotel, dove il poliziotto stazionava ancora. Il sole lo colpiva e rendeva lucido il manganello d'ordinanza, nero, che gli scendeva lungo la coscia.

Poi un paio di nuovi poliziotti arrivarono. Dovevano essere lí per sostituire quelli precedenti. Pochi attimi dopo, infatti, il poliziotto biondo si allontanò, tagliando la folla. Il ragazzo lo seguí con lo sguardo, combattuto, chiedendosi se fosse il caso di seguirlo.

Gustav aveva fatto una pausa. Quindi riprese a parlare, raccontando di una qualche faccenda bizzarra.

Un filo di vento si era infilato nello spiazzo, sollevando una traccia di polvere, infilandosi tra i corpi assiepati e raggiungendo i due fantasmi. Il ragazzo ondeggiò: doveva stare ad ascoltare il suo nuovo amico, doveva seguire il poliziotto dai capelli biondi?

Il poliziotto imboccò una via laterale. A quella distanza, il colore blu della sua giubba era una macchia ormai imprecisa.

Con una fitta di rimpianto, il ragazzo rinunciò all'idea di raggiungerlo. Gli mandò un addio silenzioso e lasciò che quell'uomo, uno dei suoi assassini, sparisse per sempre dalla sua vista.

Alcuni colombi sorvolavano lo spiazzo. Si impennarono e uscirono dal cono d'ombra dei palazzi, illuminandosi contro lo sfondo del cielo. Il mondo intero sembrò pulsare, allora, come per il battito di un grande cuore nascosto.

– Bene, – disse Gustav soddisfatto, come se avesse compreso ciò che era avvenuto nei sentimenti del ragazzo. – Bene. E adesso ascoltami, – disse, riprendendo a parlare col suo accento secco, eppure a suo modo amichevole.

Gli stava facendo una proposta. Ancora una volta, era tutto infinitamente bizzarro. Davvero bizzarro.

Il ragazzo aveva voglia di piangere e di mettersi a ridere. Di tutte le cose vissute e sentite dal giorno in cui era morto, la proposta di Gustav era la piú sorprendente.

∞

Passeranno i giorni. Passeranno i mesi. Il dolore che sembrava impossibile da superare non può essere, infatti, propriamente superato. Si impara forse a trarre la sua lezione amara. Si impara, se si è abbastanza lucidi, a trarne una nuova consapevolezza, si impara persino, se davvero si ha la forza, a combattere l'ingiustizia che lo ha generato.

Passerà un anno dalla morte del ragazzo. Verrà un altro settembre e in un certo giorno, nella tiepida coda dell'estate, un corteo di migliaia di persone percorre le vie di Ferrara. In testa al corteo c'è uno striscione che dice: VERITÀ GRIDO IL TUO NOME.

Poi, ancora un altro anno abbondante prima che si apra un nuovo capitolo. Il duro capitolo del processo.

Verità, grido il tuo nome. Il processo si apre tra mille veleni, tra mille controversie, ma appare già un risultato importante. Molti neppure lo credevano possibile: quattro agenti della polizia italiana sul banco degli imputati. Omicidio colposo.

Le discussioni degli avvocati, i flash dei fotografi, le interminabili sedute. Altri mesi.

I poliziotti saranno giudicati colpevoli. Alla lettura del verdetto, i genitori del ragazzo si abbracciano. La pena in realtà sarà ridicolmente lieve, e trattandosi di una sentenza di primo grado gli agenti per il momento non faranno neanche un giorno di carcere.

È già un risultato il processo in sé, si dirà. È già un risultato il verdetto di colpevolezza.

Per tutto il processo i genitori sono lí, una seduta dopo l'altra. Sono in aula anche quando gli agenti sono chiamati a deporre. Riescono a sopportare quando gli agenti dicono l'ultima atrocità. Sono passati oltre mille giorni dalla morte del ragazzo, mille giorni di silenzio, tutto questo tempo, tutta questa attesa. Ecco, gli imputati parlano. Sono interrogati. Si leva la loro voce, e affermano di essersi limitati a tenere la mano sulla schiena del ragazzo, quel mattino, *per rassicurarlo*. Un mormorio incredulo si leva dal pubblico. Gli hanno tenuto la mano sulla schiena.

Grido il tuo nome. Lo grido sempre piú forte. I genitori stanno in aula, nonostante tutto, stanno in aula fino in fondo.

Allora, rimane un mistero in tutto questo. Dove hanno preso tanta forza?

∞

Era il momento di partire, il momento di andarsene per l'ultimo pezzo di avventura, seguendo una proposta singolare e senza ritorno. La proposta di Gustav. Chi lo avrebbe mai detto. Il ragazzo lasciò la città una mattina, con il primo treno del giorno.

Sul treno, guardò scorrere via la città. Stava lasciando il posto dov'era cresciuto. Inevitabilmente ripensò... Ripensò ai suoi amici, alla vecchia scuola, alla palestra dove per anni aveva fatto sport.

Ripensò al suo corpo su quel tavolo d'acciaio, nella luce cruda di una sala per autopsie.

Ripensò al cancello dell'ippodromo davanti a cui era stato picchiato a morte, la brezza inquieta che spirava quel mattino. E all'ultima volta in cui aveva visto sua madre, e le aveva sfiorato i capelli, nel parcheggio di un supermercato.

Si accasciò sul sedile. Stava proprio partendo. Il treno tagliava la pianura e il cielo incombeva neutro, biancastro, rivelando squarci di color lapislazzuli.

La carrozza in cui si trovava era chiusa ai passeggeri. Il sistema di riscaldamento era fuori uso, un evento non certo raro sui treni italiani.

Di fatto, il guasto aveva lasciato l'intera carrozza a disposizione dei viaggiatori fantasmi, che avevano approfittato dei sedili vuoti.

Nei giorni dopo l'incontro con Gustav, il ragazzo si era accorto di essere meno solo di quanto pensato finora. Come aveva potuto non accorgersene prima? Altri fantasmi gli erano stati intorno, fin dall'inizio, numerosi, silenziosi, vibranti, fantasmi che come lui vagavano per la città, sedevano negli angoli piú riparati dei caffè, occupavano i posti vuoti nei cinema, fantasmi anziani oppure piú giovani, individui senza corpo eppure esistenti. Bastava essere in grado di percepirli.

Il treno continuava verso sud. Dopo essere stato in silenzio per la prima parte del viaggio, il ragazzo si unì alla conversazione dei suoi invisibili vicini di sedile.

C'era il fantasma di una vecchia signora che non aveva mai visto Roma e voleva vederla almeno da morta. C'era quello di un uomo che andava a trovare una ex moglie, viva, sperando di scoprire un modo per comunicare con lei. C'era quello di un signore che si esprimeva solo con risatine nervose.

Infine il dialogo sfumò e i fantasmi rimasero muti, commossi, vibrando sui sedili, ognuno con i suoi sentimenti, con il suo motivo per partire.

Fuori dal finestrino... Fuori, l'Italia era un paesaggio che fuggiva veloce.

Quindi la porta della carrozza si spalancò. Decine di fantasmi trasalirono, come davanti a una strana apparizione. Era il controllore. Attraversò la carrozza gelida stringendosi nelle braccia, sfregando le mani per scaldarle, ignaro dei passeggeri che occupavano i sedili. Tutti quei viaggiatori che lo guardavano passare. E non avevano neppure pagato il biglietto.

∞

La periferia di Roma si annunciò con palazzoni dal tetto disseminato di antenne televisive.

Gustav lo aspettava in stazione. Aveva il solito tono burbero e voglia di lamentarsi. – Mai sentita una città che puzzi tanto di cacca d'uccello, – sbottò mentre si affacciavano sul piazzale. Gustav era di origine altoatesina e non perdeva occasione per lamentarsi delle città italiane.

Nonostante il tono burbero e le lamentele, suonava contento del loro nuovo incontro. – Insomma, – disse infatti. – Benvenuto, ragazzo. Hai fatto bene a venire. So che tutto ti sembra bizzarro. Eppure credimi, non sarai confuso per sempre.

Sullo sfondo, le chiome degli alberi ribollivano, cariche di uccelli vocianti. Strette nuvole allungate si arricciavano all'orizzonte.

Magari in effetti aveva fatto bene. Chissà, pensava il ragazzo. Davvero, chi avrebbe mai detto che la mia odissea avrebbe preso questa piega.

Il giorno spargeva i suoi ultimi raggi e malgrado la sovrabbondanza di uccelli, malgrado il traffico nel piazzale, la bellezza emanava tiepida dal panorama.

Prima di morire, il ragazzo non aveva mai sospettato che la realtà potesse rivelare questo aspetto spiritato, ondeggiante. Era fatto di pennellate vive, pastose, era un quadro di Van Gogh, e gli alberi laggiú parevano sul punto di sciogliersi e rovesciarsi, proprio come un'onda, in qualcosa di fluido e sconosciuto e meraviglioso.

Gli sarebbe piaciuto lasciarsi portare via da quell'onda, se solo avesse avuto idea di come fare. Proprio per questo era venuto.

∞

Al ragazzo non erano mai interessati troppo i reality show. La televisione italiana era una tenda sottile, ci vedevi in controluce la tristezza del paese... Adesso si trovava nella famigerata casa. Somigliava inevitabilmente a un carcere. Le stanze erano meno ampie di quanto apparissero in tivú, piccoli spazi sotto il controllo ininterrotto delle telecamere.

I concorrenti ufficiali dello show, quelli in carne e ossa, ragazzotti e ragazzotte dal corpo pieno, se ne stavano tutto il giorno seminudi, incoraggiati dalla temperatura tenuta apposta su livelli tropicali. L'odore dei loro corpi si mescolava a quello dei fari surriscaldati e al cloro della piccola piscina coperta annessa alla casa. I concorrenti ciondolavano nelle stanze con facce stordite, mimando stanchi corteggiamenti, chiacchierando di questioni vaghe, inscenando liti altrettanto vaghe. Portavano avanti il languido show. Si incontravano e scontravano nella piccola scena come molecole in ebollizione.

Andavano a dormire tardi, quasi all'alba, seguendo i cicli artificiali dei fari, sonnecchiando tutto il mattino.

La casa allora diventava silenziosa. Soltanto il ronzio quasi impercettibile dell'impianto di condizionamento e delle eterne telecamere, che con filtri ultrarossi non smettevano di spiare i corpi addormentati. Qua e là improvvisi fruscii. Isolate microinterferenze registrate dai microfoni. I tecnici della regia non vi dedicavano molta attenzione, ritenendo si trattasse di campi elettromagnetici.

Invisibili, inavvertiti, numerosi fantasmi abitavano in realtà la casa.

Nessuna casa al mondo, probabilmente, era mai stata abitata da un tale numero di fantasmi.

Notte e giorno, i fantasmi sgusciavano tra i corpi dei concorrenti, entrando nel campo visivo delle telecamere, di continuo, senza che queste riuscissero a registrarli.

La luce li attraversava anziché fermarsi su di loro. Le loro voci risuonavano su frequenze non registrabili dai microfoni.

Il ragazzo non avrebbe saputo dire quanti fantasmi abitassero con lui la casa. Ce n'era almeno una dozzina di cui riconosceva ormai la voce, la vibrazione, e con i quali aveva stretto conoscenza... Altri che se ne stavano in disparte, scontrosi, e dei quali lui aveva una percezione approssimativa, sfiorandoli solo a volte.

Tra quelli con cui aveva fatto conoscenza, piú di uno aveva una storia simile alla sua. Chissà se si trattava di un caso: nelle sue selezioni in giro per il paese, Gustav aveva scelto varie persone morte per mano della polizia italiana.

Nella casa c'era un giovane uomo morto per un pestaggio mentre passava una notte in carcere per il possesso di pochi spinelli. C'era un ragazzo ucciso dalla polizia durante i tumulti di un corteo di protesta. C'era un altro dai modi un poco matti, tutto sommato simpatico, ucciso da agenti che avevano fatto irruzione da lui, una sera, con la scusa che stava facendo rumore e disturbava i vicini. Tutte storie vere. Davvero successe, come la sua.

Cosí se ne stavano entrambe là dentro, quelle due gioventú, la gioventú trucidata dagli uomini in divisa e quell'altra gioventú, quella che si immolava sull'altare dello spettacolo.

Se ne stavano fianco a fianco, entrambe inquiete, una consapevole, l'altra piú ignara, sotto l'obiettivo delle telecamere, sotto l'occhio famelico e distratto del pubblico nazionale.

∞

Il tempo stringeva e i concorrenti ufficiali iniziavano a diminuire, eliminati uno a uno dai meccanismi dello show.

Il ragazzo e i suoi nuovi amici si ritrovavano nella cucina deserta, verso l'alba, quando i vivi si ritiravano per dormire.

Erano impazienti. Se n'erano stati là dentro fianco a fianco con i concorrenti, avevano convissuto con il suono delle loro voci, con il calore dei loro respiri.

Gustav li aveva convinti che c'era un senso in tutto questo. Ma alla fine, che ci facevano lí? A cosa serviva che dei fantasmi vivessero nella casa di un reality show, se nessuno poteva vederli? Che senso aveva questa sorta di parallelo *ghost show*?

«State calmi. Abbiate fede», era la risposta di Gustav, che veniva ogni tanto nella casa a trovarli. «Non saremo confusi per sempre», ripeteva spesso, con una voce intensa, quasi commossa.

Allora, con l'avanzare dei giorni, un silenzio progressivo cadde tra i fantasmi. Un silenzio sempre piú profondo. Una calma sospesa scese tra loro.

Ascoltavano la pace delle prime ore del mattino, il respiro pesante dei concorrenti addormentati. Il movimento di quel respiro aveva qualcosa di ritmico e armonico. Nella casa popolata di telecamere, infestata di spettri... Nella casa priva di finestre, quel respiro sembrava espandersi, rafforzarsi, sfumare in qualcosa di molto piú ampio, quasi l'eco di un respiro ancestrale.

Era come ascoltare dentro la curva di una conchiglia. In uno spazio minuscolo e banale, potevi sentire l'annuncio di una misteriosa grandezza.

Il ragazzo si immergeva nella piccola piscina, provocando appena una lieve increspatura dell'acqua. Un ragazzo senza corpo dentro il liquido fresco.

Scivolava piano, fluttuando, affondando, mentre l'acqua lo attraversava. Pensava a sua madre. Si chiedeva se lei stesse dormendo, e a cosa stesse pensando, in questo istante, cosa stesse sognando.

Sul fondo della piscina, il respiro che dominava la casa era un'onda battente. Era il pulsare del grande cuore nascosto. Era sempre la stessa onda, quella che aveva sentito fin da quando era morto.

Nel frattempo, fuori dall'acqua, le telecamere ronzavano in attesa. Lui usciva dalla piscina e si ritrovava nel raggio caldo dei fari. Persino in un luogo cosí artificiale poteva avvertire la forza impassibile del giorno che cresceva, là fuori, ogni mattino, oltre i confini sigillati della casa, oltre il tetto di un gigantesco teatro di posa.

∞

Era un mattino di pace soffusa, e persino a quell'ora, mentre gli abitanti ufficiali della casa dormivano, mentre nulla sembrava accadere, e l'unico movimento nella casa sembrava quello di un insetto che ronzava, contro una finestra, cercando invano una via d'uscita... Persino a quell'ora, i dati d'ascolto parlavano di centinaia di migliaia di spettatori.

Infine i fantasmi sapevano. Gustav non aveva mentito. Non aveva affatto mentito, affermando che prima o dopo avrebbero smesso di sentirsi confusi.

A dire il vero non c'era stato un momento preciso, né un punto esatto in cui tutto fosse stato compreso, c'era stato soltanto questo senso di riconoscere, con lenta naturalezza, qualcosa che era evidente da sempre.

La realtà ondeggiava, fluida e sottile, gonfiando e sgonfiando, pulsando con forza, in uno spasimo di dolore, di meraviglia possente.

Adesso il ragazzo si sentiva pronto. Non si sarebbe tirato indietro. Soltanto lasciarsi andare, affidarsi a questo pulsare, a questa calda forma d'onda. Senza paura. Semplice in fondo. Era il miracolo della morte, il miracolo della migrazione.

Tutto era teso, sul punto di cambiare. La prigione svaniva. Ogni violenza veniva dimenticata. In silenzio, il ragazzo ringraziò il mondo per averlo ospitato. Prima di andarsene si piazzò davanti a una delle telecamere. In fondo era venuto fino a qui per questo, per migrare senza rimpianti. La luce lo avvolse come un mantello. Con l'amore piú puro che avesse mai provato, aprí le braccia e sorrise.

∞

Il cucchiaio le cadde di mano. La madre si alzò di scatto e guardò un'altra volta lo schermo. Tornò a sedere e si alzò di nuovo e iniziò a piangere, un pianto caldo, torrenziale, benefico come un disgelo. La tazza di cereali che fino a pochi istanti prima stava consumando emanava un aroma dolce e familiare... Si scostò dal tavolo e barcollò fino al televisore. Non sapeva perché le fosse capitato di accendere su quello squallido show, quello spettacolo triste di gioventú in gabbia, quella serie di immagini che non mostravano altro, a una simile ora del mattino, che ragazzi addormentati e stanze desolate. Non lo sapeva. Stava tremando e ancora piangendo eppure sentiva una pace imprevista, un sollievo straziante espandersi in lei. Provò a parlare ma non uscí alcun suono. Fu meglio cosí. Nella cucina, la luce silenziosa dell'inverno. E lei, in piedi, a contemplare l'ombra pallida sullo schermo, contemplare la linea di quelle due braccia allargate. Vedeva il sorriso del ragazzo. Vedeva il suo volto. Seppe con certezza che questo era un saluto, un dono che lui aveva voluto farle, l'ultimo miracoloso dono di un figlio. Fissò il volto che aveva visto crescere, un volto simile al suo e che derivava dal suo. La madre si specchiò nel figlio e fu un momento di ultimo, perfetto amore.

Appena lui fu scomparso, sorse il dubbio di averlo sognato. La madre si prese il volto tra le mani e si chiese cos'avrebbe fatto ora.

Restò in quella posizione per almeno un paio di minuti. Restò cosí fino a quando tutto sembrò farsi calmo, e lei riuscí a distinguere la pulsazione del proprio cuore.

– Cos'è successo? – Il marito era sulla porta della cucina, vestito a metà. Si aggiustò gli occhiali sul naso e le lanciò uno sguardo apprensivo. – Ti senti male?

Lei si scosse e gli andò incontro. Lo abbracciò con forza sulla porta della cucina. – Sto bene, – disse con semplicità. – Lui se n'è andato. Adesso se n'è definitivamente andato.

– Oh, – fece l'uomo con tono incerto. Ricambiò l'abbraccio. – Certo che se n'è andato, – sospirò, senza capire ciò che lei intendeva.

La madre rinunciò a spiegare. Lo avrebbe fatto piú tardi. Era sicura di non aver sognato. La gratitudine che sentiva era troppo intensa per essere stata provocata da un sogno.

Continuò a stare cosí, abbracciata a quell'uomo, colui che aveva condiviso con lei, per diciott'anni, l'avventura di allevare un figlio. Restò cosí, senza parlare, respirando piano, consapevole che qualcosa stava crescendo in lei, una determinazione sconosciuta, un coraggio che non aveva mai saputo di avere. Suo figlio se n'era andato. Lei rimaneva.

C'era cosí tanto ora da affrontare. – Sono abbastanza forte, – annunciò. – Sono forte.

∞

Quel mattino, in zone sparse del paese, altre madri videro apparire il proprio figlio perduto, per pochi preziosi istanti, sullo schermo del televisore. Erano lí, davanti ai loro occhi, figli perduti in circostanze violente, figli morti nell'ingiustizia, figli immolati da una nazione troppo stupida e cieca. Ogni madre pianse. Ognuna ricevette l'ultimo saluto del figlio e ognuna apprese di avere in sé una forza inaspettata. Fu un mattino di nitida, sconvolgente verità.

Persino laggiú, in quella famigerata casa, i concorrenti ufficiali ancora in gara si svegliarono di soprassalto, tutti insieme, colmi di un inspiegabile senso di nostalgia. Non avevano idea del perché si sentissero cosí. Tutta la giornata si trascinarono senza vigore, piú svogliati del solito, sentendosi come abbandonati, e al tempo stesso avvertendo un oscuro sollievo. C'era nell'aria la sensazione indefinita di un qualcosa che si fosse compiuto. A essere onesti, dovevano ammettere che non vedevano l'ora che lo show terminasse, e di poter lasciare quella dimora puzzolente.

Che i concorrenti avessero la testa altrove doveva essere chiaro, poiché quel giorno lo show apparve sotto tono. In tutto il paese, numerosi spettatori si annoiarono al punto di spegnere il televisore. Nessun altro aveva visto i fantasmi sullo schermo, si era trattato di un miracolo privato, ma parecchi spettatori si sentivano stranamente turbati. Alcuni quel giorno restarono a lungo assorti. Alcuni, chissà perché, confessarono a qualcuno cose mai confessate. Alcuni piansero per la prima volta dopo anni, per qualche apparente sciocchezza, per la bellezza di un prato vuoto o per la fine di un animale schiacciato lungo la strada.

Alcuni si avventurarono in una breve passeggiata. Uno straordinario cielo bianco sull'intero paese. Aerei silenziosi a diecimila metri d'altezza. Treni stanchi lungo le pianure. Vivi e morti che coesistevano, avvinghiati gli uni agli altri, disputandosi lo spazio. E dovunque, come sempre, diffusa come un pulviscolo, la solita disperata urgenza di fuggire da qualche parte, pur senza sapere dove dirigersi.

Perciò, quel giorno, ad alcuni apparve chiaro che non ci fosse altra via d'uscita che questa, verso il dentro, verso il centro della propria difficile umanità, attraverso il pozzo che il dolore di ognuno scavava, silenzioso, fino a congiungersi con l'infinito.

*Indice*

*Stampato per conto della Casa editrice Einaudi*
*presso Mondadori Printing S.p.a., Stabilimento N. S. M., Cles (Trento)*

C.L. 20686